きみに向かって咲け

灰芭まれ

STARTS
スターツ出版株式会社

私はあるがままの自分を受け入れてくれることだけを望む。

フィンセント・ファン・ゴッホ（1853－1890）

目次

きみに向かって咲け

第一話

――私が〝ふつう〟だったら、きっと。

下腹部を押さえていた右手で制服のブラウスをぎゅう、と握りしめる。

痛みが増すたびに顔が歪《ゆが》んでいく。呼吸が浅くなり、口内はいつの間にか乾いていた。まるで胃袋《いぶくろ》や腸《ちょう》を雑巾絞《ぞうきんしぼ》りされているみたいな痛み。お腹を押さえ込み、耐えるように息を止める。

冷房の効いた電車の中で、暑くもないのに背中に流れる嫌な汗。じわり、と額《ひたい》にも同様のものがにじむ。

学校の最寄り駅に近づくにつれ、その痛みは激しさを増す。車内アナウンスが到着を告げる頃には、もう座席から立ち上がれなくなっていた。

それでも、同じ夏用の制服を着た子たちが降りていく姿に、私も降りなきゃ、学校に行かなきゃ、と悲鳴を上げる身体に鞭《むち》を打つように、足の裏に力を込める。早く、扉が閉まる前に。

生理的に込み上げてくる涙をこらえるために、顔を上へと向けた。

その先で、私は一枚の絵に目を奪われた。


「高校生一枚ください」

相手は受付の女性だ。それなのに、私は自分と対する人物の胸元、心臓のあたりに目をやる癖《くせ》を直せない。

「学生証の提示をお願いいたします」と、女性は柔らかな笑みを浮かべる。鞄《かばん》の横ポケットに常備している学生証を手渡すと「高校生おひとりさま、九百円になります」と変わらぬ笑顔のままそう言った。

彼女の心臓は、〝黒く〟はならない。お金を払い、チケットを受け取る。

つま先の向きを変え、私は美術館へと足を進めた。

高層ビルの上階にあるそこは、館内に繋《つな》がるスペースから都内の景色を見下ろすことができた。窓からは、建物がぎちぎちに立ち並び、米粒のような人が行き交う景色が広がっている。

「その花柄のスカーフ、素敵ね」

甲高《かんだか》い声の方へ、反射的に視線を向ける。そこには六十代らしき女性がふたり、荷物を預けるロッカーの前で話をしていた。

「素敵よね、これ。この間の旅行先で思わず買っちゃったのよ」

そう言って、ピンクの口紅が引かれた唇《くちびる》で嬉しそうに微笑む、花柄のスカーフをつけた女性。隣の女性も同じように微笑みを深めた。

「すごく似合ってるわあ、本当に華やかなスカーフねぇ」

心のこもったような高い声に、満面の笑み。その笑顔の下をたどると、胸のあたりに渦巻《うずま》く〝黒〟。私はその〝黒〟から逃げるように顔をそらした。

心を落ち着かせるように、胸に手を当てる。そうすると手のひらに、とくとく、と心臓の音がかすかな振動とともに聞こえる。

……でもきっと、普段から他人の心臓のあたりを気にしている人なんていない。

私はいつも気にしている。目よりも、口よりも、表情よりも言葉よりも。私には、〝見える〟から。

人は嘘を吐《つ》く。笑いながら。泣きながら。真剣な表情のまま。当たり前のように。

誰かが嘘を吐くと、その人の心臓のあたりに〝黒〟が渦巻く。小さくかすかな嘘は、水で薄めたような〝黒〟。重大で明確な嘘は濁《にご》りのひとつもない、〝真っ黒〟。

その嘘を重ねるたびに〝黒〟は濃くなり、大きくなる。積み重なった罪が重くなるように、〝黒〟は深く肥大していく。

スカートのポケットからスマホを取り出してサイレントモードに切り替える。クラスメイトの夏美《なつみ》から【大丈夫？】とだけ連絡が入っていたが、返信することなく画面をブラックアウトする。いまは上手く返事ができる自信がなかったのだ。

美術館が開館するまで、近くの公園で影をひそめるように時間を潰《つぶ》した。その間に、自分で学校に電話を入れる。「体調不良です」と唇を動かすたびに自己嫌悪が積もった。

腹痛はすでに治っていた。仮病なんかじゃなかったのに、あの痛みは本物だったのに、いま、学校に行かない私は、偽物《にせもの》の病人みたいだった。

痛みの代わりとして胸に襲いくるのは、激しい後悔と不安と、それから自己嫌悪。渦巻く気持ちを押し込むようにスマホを鞄の奥にしまい、再び作品が展示されている空間へと足を踏み入れる。

館内はある意味、異空間のようだった。陽の昇っている時間帯なのに窓のないそこは、薄暗い中で唯一、作品にあてがわれる淡い光だけで成り立っていた。左右にコの字型に並べられた作品を眺めていく。

絵画のことはちっともわからない。上手だな、とは思う。すごいな、とは思う。でも、それだけだった。

高校の選択授業では美術を選んだ。だけど、それは音楽よりも先生が優しそうで、楽だし、夏美と一緒だから、というだけだ。

ここでは、自分の呼吸さえもよく聞こえる。周囲の気配にふとあたりを見回すと、館内には人が増えていた。

美術館という場所に足を運ぶのは、中学校の学校行事以外では初めてだ。思ったよりも高齢の人がたくさんいるんだなと、作品とは関係ないことを思った。

小さな咳払《せきばら》い、声をひそめた会話、そのどれもが、足元に敷かれたくすんだ赤色の絨毯《じゅうたん》に吸い込まれる。静寂《せいじゃく》、その響きそのものが空間を支配していた。

私はいつものように、ふつうの人の真似《まね》をする。

いまは〝絵画を堪能《たんのう》している人〟の真似。じっと一枚の絵を見てみるけれど、草原の中で女性が日傘を持っている綺麗な絵、ということ以外、何もわからない。

じっくりと絵画の細部まで瞳で追いかけては、感嘆《かんたん》しているほかの人たちをさりげなく観察する。そんなことをしながら、その人たちと私は、まったく別の生き物なんじゃないかと思った。

私は、正常者の真似をする異常者。とてもしっくりくるたとえだ。

するすると歩きながら作品を眺めていく。空間の合間に置かれた背もたれのない革製のソファーに腰かける暇もなく、私は足音のない歩みを続けた。

もしかしたら、ここじゃなかったのかな。落胆《らくたん》しながら思い出すのは、あのとき目を奪われた車内広告にあった絵。

最後の角を曲がったそのとき、「あっ」と吐息《といき》にも似た声が思わず漏れる。

視線の先にあるものと私の身体が、透明な糸で繋がっているように惹きつけられていく。真っ直ぐにその作品の目の前まで足を運んだ。

絵が三枚横並びするその真ん中で、いちばん大きな絵が、ガラスの向こう側で咲いていた。

そっと視線を下に向け、その作品のタイトルと画家の名前が書かれた小さなパネルを見る。

『フィンセント・ファン・ゴッホ　ひまわり』

初めてのことだった。こんなに絵に惹かれたのは。

具体的にこの絵のどこがすごいのかなんてわからない。それなのに私は、お金を払ってでも、どうしてもこの絵を肉眼《にくがん》で見たいと、そう思ったのだ。

ゴッホ。名前は聞いたことがある。ひまわり、というこの絵も、曖昧《あいまい》な記憶だが中学のときにパラ読みした美術の教科書に載っていたような気がする。

だけど実物を目の前にして、私は立ち尽くすばかりだった。十五本のひまわりが花瓶《びん》に入っている。背景は机と壁だろうか、黄色と黄緑色が混じったようなクリーム色のみ。

たったそれだけの絵といえばそうだ。けれど私は、わし掴みにされた身体と心をどうすることもできなかった。ただじっと、その絵を見つめ続けることしかできなかったのだ。

それから、自分でも気がつかないうちに涙が込み上げていた。胸の真ん中あたりがきゅっと捻《ひね》られたように自我を保てなくなり、優しく暖かな色をした作品が、視界を覆っていく涙でにじむ。

まるで、このひまわりが歌っているように見えた。

一本一本、見つめるひまわりによってちがう歌だ。中心でいちばんピンと伸びきって咲き誇るひまわりからは、眩《まぶ》しいほどの明るい歌が聴こえてくる。そのまま黒目を左へと移すと、花びらの数を減らしたひまわりが、先ほどよりも静かで穏やかな歌を歌い、左下のひまわりは悲しみに打ちひしがれるような切ない歌を奏でているように聴こえるのだ。

作品の全体を眺めるように見ると、十五本の歌が重なり合って、不思議と心地好い。作品全体の黄色が、心の外側を包み込むように溶けて染み込んでいく。

あとから人がやってきたので、私はすぐ後ろにあった黒革のソファーに座る。人の姿越しにも、たった一枚の絵を眺め続けていた。

どうしてこんなに惹かれたのか、自分でもわからない。でも、電車を降りるために無理やり立ち上がろうとしたあの瞬間、私の目にこの絵が飛び込んできた。美術館案内の車内広告だった。このひまわりをあのときに見なかったら、私は下腹部を手で押さえつけ、冷や汗をにじませて、それを隠すように笑いながら、学校にいたはずだ。

この絵に救われたかどうかなんて、わからない。今日は行かなくても、明日からはちゃんと学校に行かなくちゃいけない。私は絵画についての知識がないし、これを描いたゴッホという人物についてもまったく知らない。だから、この絵に答えを求めることもできない。

ほかの人たちも、堂々と咲き誇るひまわりを感嘆しながら眺めていく。一枚の絵で、これだけの人の心を掴むほどの才能。天才は、ふつうではない。

どうせだったら、この人みたいになりたかったな。こんな絵が描けるぐらいの天才になりたかった。そしたら、〝ふつうじゃない〟ことにも平気でいられたのかな。むしろ誇れたのだろうか。きっと、そうだ。

「……いいなぁ」

ぽつり、と呟《つぶや》いた声は涙で湿っていて、思いのほか弱々しかった。

「いいなってさ、向日葵《ひまわり》になりたいの？」

はっきりとした低い声に、私は驚きのあまり「ぅわっ」と妙な声を上げてしまった。すぐにここは美術館だと我に返り、慌てて口元を手で押さえる。

黒目では、ある人物を追いかけながら。

私に話しかけた男の子は、ＶネックのＴシャツ、ジーンズ、スニーカーというラフな格好だった。

六月の気候に合った服装だけど、私と同い年くらいの男の子が平日のこの時間帯にする格好ではないとも思った。平日の昼間に制服を着てここにいる私が言えたことではないが。

ソファーに座る私に背を向け、ガラス張りのそこに近づく男の子。華奢《きゃしゃ》な身体がくるりと捻られ、私の方へと顔を向ける。彼の左手が、そっと作品を指さす。

「これ、きみに似てる」

美術館なのに、声は抑えることを彼は知らなかった。そのせいで、私は彼よりも周りの目が気になって仕方ない。ふつうからはみ出すことを恐れるように。

彼の心臓のあたりは〝黒く〟ならない。

「この、いちばん萎《しお》れて、枯れかけのやつ」

周囲にばかり気を取られる私とはちがい、彼はお構いなしに続ける。彼が指さす先には、十五本のうちの、左下でくたびれたように花びらも少なくいまにも花瓶から落ちてしまいそうな向日葵。

やっぱり、彼の心臓のあたりは〝黒く〟なることはない。彼の言葉と心に、嘘はないということだ。

いちばん悲しいメロディーを奏でている向日葵。それが私に似ていると。そうだな、とも思った。けれど——。

「……私は、この向日葵にもなれないと思う」

周りに誰もいないことに少しだけ安堵《あんど》しながらそうこぼし、へらっと条件反射のように笑みを浮かべる。

嫌われたくない症候群《しょうこうぐん》。そんな私は、誰にでも良い顔をしたがる。

彼は私の笑顔を見たかと思うと、無表情のままふっと顔をそらす。あ、きっと、私の笑顔が無理やりで、下手くそだったからだ。自己嫌悪。一日が減点方式で成り立つ私の『笑顔』という欄《らん》にバツがついた。

薄暗い空間の中、スポットライトを浴びた『ひまわり』を背に、彼が私の方へ歩いてくる。

筋《すじ》の通った、少しだけ鷲鼻《わしばな》の形をした鼻に、薄い唇。端整な顔立ちに、わずかに目尻の下がった瞳が長い睫毛《まつげ》に覆われている。綺麗な顔をしているのに、どこか独特な空気を纏《まと》っていた。

彼は私の顔を見ることなく、そのまま隣に腰かけると、何の前触れもなく口を開いた。その目は真っ直ぐ『ひまわり』の絵に向いている。

「フィンセント・ファン・ゴッホ。一八五三年、三月三十日、オランダ南部のズンデルトに生まれる。一八五七年、ゴッホが四歳の頃に弟のテオが生まれる。一八六九年、十六歳で美術商のグーピル商会に就職。一八七二年、十九歳でテオとの文通が始まる」

するすると彼が口にする言葉の数々に、私は追いつけなくなる。いきなり、どうして、なんで。そんなことばかりが頭の中をぐるぐると駆け回る。彼がいったい何をしたいのか、まったくわからなかった。

それと同時に、まるで本のような内容のそれを空《そら》で言えてしまう彼に、聞き入ってしまっている私もいた。

そんな私に気づくことなく、彼は未だに『ひまわり』を見つめたまま続ける。

「一八七三年、二十歳のときにロンドンに栄転《えいてん》するも大失恋を経験する。一八七六年、二十三歳でグーピル商会を解雇《かいこ》される。語学教師を経て、補助説教師になる」

あっ気に取られながら彼を見つめていると、視界の端に赤が見えた。顔を向けると、赤いスカートを穿いた品のある女性と長身の男性がいた。ふたりは連れ立って、ゴッホの隣にある絵画に向かって歩いていた。

女性の方が、未だに言葉を並べ続ける彼を見下ろし、にっこりと目を細めて微笑んだ。その唇は、スカートに負けないぐらい赤い。

「詳しいのね」

控えめに、優し気に落とされた女性の声。無意識に視線を向けた彼女の心臓のあたりは、〝真っ黒〟に渦巻いていた。

優しい灯りに包まれたこの空間が一気に停電したような、そんな衝撃が私の中に走る。

ひゅ、と呼吸が喉元《のど》でつまずいた。

女性の笑顔と、胸の〝黒〟。相反《あいはん》するもの、矛盾《むじゅん》するものが、女性の中で同時に存在していることの気持ち悪さと、それ以上の恐怖心が私の呼吸をさらに浅くさせる。どくどく、と速まる私の心臓を追い込むように、どろりとしながら渦巻く〝黒〟がその範囲を広げた。

私は震える手で、隣の男の子の腕を掴む。急なことに、彼は驚いて私を見た。

「外出て話そう」

そう言って、引きつった笑顔を浮かべる。そのまま立ち上がり、女性の〝黒〟から逃げるように、私は彼を引っ張って美術館を後にした。

どくどく、と心臓が激しく鳴り響き、喉には苦みが込み上げる。それに連なって、下腹部がキシキシと痛み始める。

館内を出てすぐにあるお土産屋さんで一度立ち止まる。胃の痛みが激しくなっていく中、振り向いて男の子を掴んでいた手を「ごめんね」と言いながら離す。

胃薬、飲まなきゃ。あ、でも空腹のままじゃダメだ。朝七時にも飲んだから最低四時間は空けなくちゃ。痛い。苦しい。

混乱する気持ちを必死で押し殺して、目の前の彼に向かってへらりと笑う。

そんな私を無表情で見た彼は、私の視線を避けるようにふっと顔をそらす。ダメだなあ、私の笑顔。

「それじゃあ……」

気まずくなり、そう言ってその場を離れようとすると、彼が「え?」と不思議そうに首を傾《かし》げた。表情があまり変わらない彼が何を考えているのか、わからない。彼の心臓のあたりを見ても、何も変化はない。

「外出て話すんじゃないの?」

純粋に、私にそう問いかける彼。さっきのあれは、あの場から逃げ出すための口実だったのに。

「あ、その……」

どうしよう。なんて言えばいいのだろう。そんな思いが絡《から》まって、鮮明《せんめい》によみがえる昨日の記憶。そのトリガーは先ほどの女性に見えた矛盾。笑顔と〝黒〟。

私はとうとう心が決壊《けっかい》したように涙をひと粒、こぼしてしまった。

その瞬間、目の前の彼があからさまにうろたえた。驚いたように目を見開いて言う。

「……いま、俺が泣かせたんだ」

「え?」

答え合わせするようにそう言った彼の顔が、とたんにくしゃり、と歪んだ。それから「ごめん」と自責《じせき》がこもったように紡《つむ》がれた彼の謝罪。

「俺が、泣かせた。ごめん。誰かが泣いてるときはさ、たいがい、俺が悪いから」

急にそんなことを言われて、まったくもって彼の真意が掴めなかった。戸惑う私に、彼は苦しそうに眉根《まゆね》を寄せるだけ。

彼が何を思ってそれを口にしたのかはわからない。だけど、それは彼の本心だということはわかった。依然として彼に〝黒〟は見えなかったから。

それは、言葉と心と表情に嘘がない証拠だ。彼は、正直者なんだ。他人の〝黒〟が見える私の目には、彼がそういう人間として映った。

彼をこれ以上、私のせいで追いつめたくない。そう思ったのはきっと、心のどこかで彼と自分に重なるものがあると感じ取っていたからだ。

「ちがうよ」

そう紡ぎながらも、胃の痛みは激しさを増していく。下腹部の痛みに耐えようとすればするほど涙が込み上げてきて、下唇を噛《か》むことでしか自身に抗《あらが》えなくなる。

ちらりと盗み見た彼の顔は、ひどく苦しんでいるように見えた。

やっぱり、と今度ははっきりと感じた。いまの彼と、昨日の、いや、いままでの私が重なって映った。

——きみのせいじゃない。

そう言おうと口を開きかけた。だが、それよりも先に身体が悲鳴を上げる。しゃがみ込んだ私の瞳からは、大粒の涙が溢れていた。

「大丈夫？」

彼の問いかけに、私は小さくうなずいた。

苦しそうな様子の私に、彼はさらにうろたえた。私は周囲の注目を集めてしまう前に、と無理やり立ち上がり、エレベーターに乗り込もうとする。そんな私に戸惑いながらも、彼は支えになってくれた。

一階にたどり着き、エントランスホールの端っこにふたりで並んで座る。ふたりがけの赤いソファーがたくさん並んだそこは閑散《かんさん》としていた。

「本当に、大丈夫？」

私は下腹部を押さえる手を緩め、作った笑顔で彼の顔を見る。だけど、彼はやはり、私の視線から逃げるように瞳をそらす。

私はそらされた顔に向かって、小さな声で「大丈夫だよ」と告げた。彼はそんな私の声をちゃんと聞いていた。その証拠に、私と目を合わさないまま、「そっか」と言ってうなずいたのだ。

それから彼は、顔をしかめて呟く。まるで自分が社会の違反者だと告発するように、ためらいがちに。

「相手の目を見て話すことがつらいんだ。人の話を聞くときも、話すときも、相手の目を見ることが正しいっていうのはわかってるんだけどさ。でもそうすると、相手の顔のパーツが膨大《ぼうだい》な情報として頭に流れ込んできてさ。話に集中できなくなる。それで、変な受け答えになって、相手を不快にさせる。でも、相手の顔を見ないってのも結局、不快な気持ちにさせるから」

彼は早口で言い切った。ほんの一瞬だけ茶の強い瞳を私に寄越して、すぐにそらした。そのわずかな黒目の動きの中に、私の様子を窺《うかが》うような不安が混じっていた。学校や家で、小さな頃から「相手の目を見て話をしましょう」と教え込まれていた。きっと彼は、その頃からずっと『相手の目を見て話すふつう』に苦しんでいたのだろう。

「……目を見てって言ったって、結局、みんなは自分の本音を隠すのに必死なのにね」

思わずそんなことを吐き出していた。

目を見て、相手の真意を探って、同時に自分の本音を隠す。昨日の出来事を完全に引きずっていた。それから、まるで独り言のように呟いた自分の本音を彼が聞いているのだと、ハッとして血の気が引く。変な人って、思われたらどうしよう。

おそるおそる彼の顔色を窺った。

「俺には、よくわかんない」

彼は小さく首を傾げてそう言った。

彼が何を言ってもその心臓のあたりに〝黒〟は見えなかった。彼の心と言葉は、真っ直ぐ結びついている。それが私の中で、昨日からずっと胸底に抱え込んでいた気持ちが線香花火のように溢れ出る火種となった。

「……私ね、友達に裏で『空気』って呼ばれてるんだ」

言葉にするととたんに現実味を帯びて、鼻の先がツンと痛くなる。彼とは隣同士に座って、お互いに前を向いたまま。それでも、彼がきちんと私の話に耳を傾けてくれていることは、当たり前のようにわかった。

「昨日、学校帰りに友達と出かけたとき、私がトイレから戻ってくる間のみんなの話し声が聞こえちゃって。その輪の中で、私は『空気』って呼ばれてた」

「なんで空気なの？」

彼の問いかけに、私は心の痛みから逃避《とうひ》するように、口角を小さく上げた。すべての会話が聞こえていたわけではなかった。でも、いままでの経緯と、そのときの雰囲気と、『空気』という名前からおおよその見当はつく。

私は、何のためらいもなく彼に本音を打ち明けていた。彼だから大丈夫だと思ったのだろうか。それは私自身にも明白にはわからない。それでも、唇から本当の音がこぼれ落ちていく。

「たぶん、周りの空気を読みすぎて、本当に空気みたいになっちゃってるんだと思う。自分の意見も、何もない。周りに同調して、その場にいるだけ。一緒にいてもいなくても、何も変わらないような存在ってことだと思う」

そのときに中心となって私を『空気』と呼んでいた友達の胸に〝黒〟はなかった。彼女の本心だったのだろう。いつだって、〝黒〟は見たいときに見えなくて、見たくないときにばかり見えるものだ。

私が戻ってくると、何事もなかったようにその子もみんなも、私の名前を呼んだ。ただ、その場の雰囲気の中には、私をばかにして笑っていた、という余韻《よいん》が残っていて。みんなが、本当に小さく、互いに目配せしているのを、気がつかないふりするのに必死だった。

「でも、私はみんなみたいに自分をさらけ出せない。みんなの会話のキャッチボールにも全然ついていけないし、周りの雰囲気が壊れるのが怖くて本音なんて言えない」

瞳に熱い雫《しずく》がにじんでいく。昨日の帰りに輪の中心だった子がとうとう私を『空気ちゃん』と呼んだ。わざとだとすぐにわかった。目を細めて笑うその顔の真下には、〝黒〟の代わりにありったけの悪意が埋め込まれていた。

そこで私も笑いながら「何それやめてよ」と軽く流せればよかった。でも、私は彼女の胸が〝黒く〟なっていないことばかりが気になって、苦笑いしかできなかった。

「冗談に決まってんじゃん」と笑った彼女に初めて見えた〝黒〟。

「そうだよ、嘘だよ」「空気なんて思ってるわけないでしょ」と言いながら周りの子たちは笑った。その笑顔の下に、〝黒〟。

　彼女たちは本心で私を『空気』と呼んでいる。それがとても悲しかった。

　隣の男の子が「それで」と美術館にいたときと変わらない声量で言う。

「学校休んだの？」

「……うん。それぐらいでって、思うよね」

「別に思わない」

　凛《りん》とした、はっきりとした声だった。反射的に彼の方を向くと、彼はしっかりと私と目を合わせて、そうして、話に集中するため、再び視線をそらした。

　形の良い眉が真意を突き止められないように、くたびれて下がった。

「俺は逆に空気が読めない。冗談も真に受けるし、相手が言われて嫌なことっていう部類がわからない。目配せとか、気遣いとかさ、その場の雰囲気を読み取るってことができない」

　そう言って、彼が「たとえば」と言った。

「人を指さしちゃいけないのがさ、俺にはわからなかった」

「え？」

　美術館で私に似ていると言って、くたびれた向日葵を指さしたときと、何ら変わりなく、ためらいなく、その人差し指を、私に向けた。

彼はすぐに私を指さしていた人差し指を自身へと向ける。彼は少し困ったように、瞳に宿る光を失くした。

「人に指をさされると嫌な気分になるんだろ？　それが、俺にはわからない。俺にとってはさっきの向日葵の絵を指さすことも、人を指さすことも、同じ行為以外の何ものでもない」

彼が手を下ろす。骨ばった大きな手は思春期を終えた男の子の手なのに、同じ身体の先にある彼の表情は、小さな子供のようだった。

「『普通わかるだろ』ってずっと言われてきた。でも、ずっとわからなかったし、いまもわからない」

私は瞳を伏《ふ》せる。

彼は、空気が読めなくてふつうになれない。私は空気を読みすぎてふつうになれない。正反対なのに、彼の抱えている気持ちが痛いほどわかった。

「俺が『どうして』『なんで』って疑問に思うことが、ふつうの人たちからしたら考えなくてもわかるものばかりだった。『ふつうはこう』『ふつうならこうする』『そうするのがふつう』っていう事柄《ことがら》に俺はいつもつまずいた」

彼は静かにまばたきを繰り返す。私と同い年ぐらいの男の子が、私服で平日の昼間にこんなところにいる。きっと、それは彼が〝ふつう〟に対して抱える苦しみに原因があるのだと思う。私と同じように。

「『人として終わってんな』って言われて初めて、自分が人として終わってるんだってわかるんだ。言われないとさ、俺は何もわからない」

彼は何でもないことのように他人から言われた言葉を紡いだ。直接言われていない私の方が、その言葉に心を抉《えぐ》られてしまう。

――人として終わってる。

そんな言葉を人にぶつけられる人の方がよっぽどおかしいはずなのに。それなのに、きっと世の中はいつだって、世間のあるべき形から逸脱《いつだつ》した私たちのことを排除したがるんだ。

彼が、一瞬だけ私を見た。読み取れるのは不安と焦燥《しょうそう》と、ひとつまみの悲しさ。

「俺は、あの向日葵の絵みたいに、人に受け入れてもらえるような――」

そう言いながら口元をわずかに上げた彼の横顔は悲しげだった。

「知らないうちに人を傷つけないような――ふつうの人になりたい」

諦めのなかに混じった願望が切なく響いた。

彼は私と出逢ってから一度も嘘を吐かなかった。その安堵が、私の口を無意識に動かしていた。

「……私も、ふつうの人になりたい」

初めて、誰かに言った。ずっとずっとずっと、心の奥にしまい込んでいた、むしろ誰かにバレてしまわないように必死に隠し続けていた気持ちを、初めて他人に打ち明けた。

彼は「うん」と、私の言葉にうなずいただけだった。

どうすればいいのかなんてわからない。どうやったらふつうになれるのかなんてわからない。でも、私たちのような人間は周りと同じにならないと、きっと、多数派の人たちに押し潰されて、窒息《ちっそく》死してしまう。

重たい気持ちを少しだけ邪険《じゃけん》にするように、癖で笑顔を浮かべた。

「同じふつうじゃない存在だとしても、私は変人なだけで、何のとりえもない。だから、あんな素敵な向日葵の絵を描いたゴッホみたいな天才がうらやましい……」

すると彼が驚いたように私を見た。茶色の瞳で私を見つめ、二度だけまばたきをすると前を向く。

「でも、ゴッホは自殺してる」

「え？」

彼の言葉に、頭が真っ白になる。そんなこと、知らなかった。そう思う次の瞬間には、どうして、なんで、あんなに心惹かれる絵を描く人が、なんで自殺なんか、と困惑ばかりが連なる。

戸惑う私に気づかず、彼は言葉を続ける。

「一八九〇年、フィンセント・ファン・ゴッホは小銃《しょうじゅう》で自分を撃ち、二日後に死去。三十七歳だった」

「どうして……」

困惑がそのまま唇からこぼれる。彼はゆっくりと首を横に振る。

「わからない。ただ、あの館内の年表にそう描いてあった」

「そっ、か……」

自殺、という言葉の背後で、脳裏《のうり》に焼きついた『ひまわり』が浮かぶ。どうして、あんなに暖かな優しい絵を描く人が、自分の命を絶ってしまったのだろう。

ふつうの人じゃ、あんな絵を描けない。

「あ……」

そう思って、その思考が反転した。

「〝ふつうじゃなかった〟から？」

ゴッホも少数派に含まれる人だった。だから、ふつうなら選びはしないであろう自殺をした。

怖かった。自殺したいなんて思ったことはない。でも、消えてしまいたいと思ったことなら何度もある。もしかしたら、私の未来にも、ゴッホと同じ選択があるのかもしれない。

彼が腕時計を見ながら「時間だ」と呟き、立ち上がった。

私も釣られるように慌てて立ち上がると、視界がぐらりと大きく波打った。

貧血《ひんけつ》かな、なんて冷静に分析する脳内に反して、がくっと膝《ひざ》の力が抜ける。倒れる、と何の抵抗もできずに目を瞑《つむ》った私の腕をぐっと彼が掴んだ。

間一髪《かんいっぱつ》で彼に支えられた私は、まだくらくらとするまま彼を見上げる。彼は表情を変えることなく言う。

「くたびれてるんだろ？」

「え？」

彼の言葉に素《す》っ頓狂《とんきょう》な声を出す。そんな私に彼は言葉を付け加える。

「あの絵を見てたときの顔がさ、すごくくたびれて疲れてるように見えた。ゴッホの絵に〝なぐさめられてる〟んだなって。だから、あのいちばんぐったりしてる向日葵を、きみに似てるって言ったんだ」

ああ、そういうことだったんだ。

彼が伝えたかった言葉の真意を受け取る。それと同時に、私は自分自身がくたびれていたということに気がつく。

ようやく受け入れてもらえた身体は、正直に疲労を身体の隅々にまで広げて、いますぐベッドに横になってほしいと言わんばかりの本音を伝染させる。それでも、自覚できたことで心地好い疲労に変わっていた。

正体不明の胃痛ではなく、しっかり休めばまた起き上がれるという保証付きのものに変わったのだから。

「……ありがとう」

私が紡いだお礼に、彼は戸惑いを見せた。それから「どういたしまして」と逆に聞き慣れない定型文を繋げた。それから「バイトに行かないと」と私の腕を放し、出口に向かって歩き出す。

「あ、私ももう帰る」と言いながら彼の後を追いかけ、眩《まばゆ》い光が降り注いだ出口の先に一瞬怯《ひる》む。

彼は出口の手前で立ち止まり、左手を眉のあたりに置く。日差しをさえぎるときの形だ。

「陽《ひ》の光が苦手なんだ」

隣に並んだ私に言ったのか、独り言なのか。

「私も、ダメなんだ。明かりが痛くて」と言いかけてから慌てて口をつぐむ。

光が痛いと、ふつうの人は思わないらしい。私は彼の様子を窺う。

「うん。肌に突き刺さって痛くて、不快だよな」

彼は当たり前のように私の言葉に共感した。

「……うん。すごくわかる」

同じ気持ちを抱えた人がいる。多数派から外れた私からしたら、誰かと気持ちを共有できるのはとてもめずらしいことなのだ。

日差しの強さに覚悟を決めて外に出る。これもふつうでは考えられないことなんだと思う。

いろんな人が道を行き交う。信号を渡りながら、隣の彼に呟く。

「また、会えるかな」

彼を見上げる。

「可能性的には低いと思う」

そう言った彼の茶色の瞳は眩しそうに細められたまま。彼は自分に対して投げかけられた言葉を真っ直ぐそのまま受け止めてしまう。曖昧さや冗談が通じないとはこういうことだ。

だから、彼にきちんと思いを伝えるなら真っ直ぐと。

「また会って、話したい」

彼とは、共鳴できる人としてまた会いたいと思った。

すると、彼の瞳が私の方を向く。それから、彼は立ち止まる。

「……そんなこと、生まれて初めて言われた」

戸惑ったようにそう言いながら、地下に続くらせん階段を指さして言う。

「この下の喫茶店でバイトしてるんだ。ここにいるから、また会える」

そう言った彼が、少しだけ口元を緩めた。初めて見る彼の笑顔だった。

第二話

翌日、私は学校に行った。昨日、彼に『くたびれている』のだと教えてもらったので家でゆっくりと休むと、今朝は不思議と身体が軽く感じられた。

教室に入ると、「あ、向葵《こうき》！」と明るい声が私の耳に届く。

「昨日いきなり休むから心配したんだよ」

そう言いながら、夏美は乱れた列をつくる机をするすると避けて、私の元へやってきた。

無意識に夏美の心臓のあたりに目をやる。そこに異常は見られない。そのことにほっとしながら、私は「心配かけてごめんね」と初めて笑うことができる。

私のことを『空気』と呼んでいた友達の輪の中に夏美はいなかった。それでも、誰とでも仲の良い夏美にはその情報が伝わっていると思っていたのだ。

「大丈夫って返事来たきり音沙汰《おとさた》なくなるから、逆に心配したわ」

そんな風に言って夏美は眉を垂らして笑う。昨日あの男の子と別れてから、ようやく夏美に返事をする力が湧いたのだ。

「ずっと寝ちゃってたんだ」

私が笑うと、夏美は「寝すぎだろ」と私の肩を叩きながらも笑ってくれる。

夏美は一年生のときに同じクラスになってから、私にとっていちばんの友人だ。彼女はいつも明るくてみんなの中心で、面白い話も得意だし、夏美がいるだけでその場が楽しくなる。ふつうの人の中でも、特に憧れられる存在だ。

周りから意外な組み合わせと言われるのもしょっちゅうで、私自身、夏美がどうして仲良くしてくれるのかわからないときがある。

「あ、そういえば昨日授業変更あって、うちら今日一限から美術だよ」

話をしながら私は自分の席へ、夏美は私の隣の席へ当たり前のように座る。

「そうなんだ。でも、数学の復習やってなかったから助かった」

「それな。まあ最初っから河村《かわむら》に聞くつもりだったけどー」

夏美が笑いながらわざと大きな声で〝河村〟を強調して言う。すると教室でスマホをいじっていた河村くんが、顔を上げて夏美の方を見る。彼は理数系に強いクラスメイトだ。

「何の話だよ」

夏美に話しかけられて、嬉しそうに返事をする河村くん。

「何でもなーい」

「は？　言えよ」

夏美はいつだって堂々としている。相手がどう思うか、というよりも自分が何を言いたいのかを大切にしている。それでも、夏美の言葉にみんなが嬉しそうに笑う。

ふと、夏美の座る席をぼんやりと眺める。

私の隣の席は、今ではもうみんなから〝自由席〟と呼ばれていた。

一学期、二回目の席替えで私の隣になった国枝《くにえだ》さんは一度も学校に来ていない。その人に関する噂はいろいろとあるけれど、噂の数だけ本人に関係のない人たちの作り話が含まれているんだと思う。マンモス校と言われてもおかしくない私の学校では、卒業までに知らない同級生がいるなんて当たり前のことなので、その分、噂にも不確かな情報が混ざってしまう。

国枝さんという生徒を私はまったく知らない。顔も、身長も、声も、何も知らない。だからと言って、わざわざ担任に興味本位で訊ねるのもどうかと思ってしまう。

それでも、授業中にいつも空席である隣をまったく気にしないということは、少なくとも私には無理だった。

名前だけを知っているその人は、いったいいまこの瞬間に何をして何を思って過ごしているのか。私はときおり隣の席を眺めながら、答えのない問いを考え続けるのだ。

「向葵？　ぼーっとしてどうしたの」

夏美に顔を覗き込まれて我に返る。「なんでもない」と下手くそな笑顔を浮かべると、夏美は「寝すぎると逆に眠くなるよね」なんて気にした様子もなく笑う。

「うん。そうなんだよ」なんて、ありきたりな返事。でも、会話のキャッチボールのテンポを大切にしようとすると、空っぽの頭からぽんと飛び出したようなつまらない返事しかできない。

つまらない私を、夏美やみんなはどう思っているんだろう。そう思うと、笑顔が固まってしまう。どう思う？なんて聞くのなんてもってのほかだけど。

スマホの画面を楽しそうにスワイプしていた夏美が急に顔を上げる。

「ていうかおととい、キリちゃんたちと遊んだんでしょ？　どうだった？」

夏美の言葉に、心の中にピシっと亀裂《きれつ》が入る。

キリちゃんたち、というのが私のことを『空気』と呼んでいた子たちだ。一年生の頃に同じクラスで、夏美とも仲が良かった。当時つくったグループメッセージで遊ぼうという流れになって、夏美は予定があると断ったが、私は断ることもできずに参加することになったのだ。

「久しぶりに楽しかったよ。みんな、夏美と遊びたいって言ってた」

空気と呼ばれるに相応《ふさわ》しい返事。夏美は「マジかあ。いいなあ、うちも遊びたかった」と全力で悔しがる。彼女の胸のあたりは〝黒く〟ならない。

夏美が「いいなあ」と繰り返していると、ほかのクラスの女子たちが私たちの教室に駆け込んできた。

「ねーねー夏美、見てこれ」

他クラスのバスケ部の子たちだった。こぞって夏美の元にやってきて、みんな笑顔でひとつのスマホに顔を寄せ、画面を見つめては楽しそうに笑っている。

「なにこれ、めっちゃ面白いんだけど」

「みんなでやって動画あげようよ」

「え、ぜったい嫌だー」

くるくると表情を変えて、会話のボールがみんなの輪の中をころころと行ったり来たりしている。夏美の周りに集まった女の子たちの言葉と笑顔が弾《はじ》ける。目まぐるしく飛び交う言葉の粒、みんなの会話の速さに、私は何ひとつ追いつけずにただ作り笑いを浮かべるだけ。まるで透明人間になったみたいだった。

「昼休みに女子集めてやろうよ。ね！　ナイスアイディアだよね？　向葵ちゃん」

いきなり話題がこちらに飛んできて、私はあたふたしてしまう。風船の結び口から垂れる糸が絡まってこんがらがったように、頭の中に答えは浮かんでこない。

私の返事を笑顔で待つ内田《うちだ》さんの肩を、夏美が叩く。

「急に言うから向葵困っちゃったじゃん。ていうか今日は午前授業でしょ。うっちーひとりで昼休み踊ればー？　うちらスタバで応援してるから」

「ちょっと、せめて学校で応援してよ」

「スタバで踊ればいいじゃん」

「出禁《できん》になっちゃうから」

けらけらと笑いながら内田さんを茶化す夏美に、周りも引っ張られるように笑う。内田さんは「からかうの禁止ー」なんて口を横に結んでいるが、顔の筋肉は笑いをこらえているようにしか見えない。

私が不用意に作り出してしまった時間には、こんなふうに楽しそうな雰囲気なんてなかった。みんなの輪の中で透明人間になったときに、はっきりと感じる。

自分はみんなにとって、不必要な人間なのだろうと。

「夏休みの課題絵は『心の拠所《よりどころ》』をテーマとします。水彩画でも油絵でも構いません。各自、好きな方法で一枚の絵を完成させて夏休み明けの九月一日に提出してください」

授業終わりにいきなり出された課題に、「えー」なんて声が美術室の中に生まれる。美術の先生は一切気にした様子もなく「頑張りましょう」としか言わない。

美術の教科書なんてまともに開いて読んだことがなかった。けれど、昨日の影響もあって、ゴッホの絵を見つけようと教科書をめくる。ゴッホについては一ページにまとめられ、昨日見た『ひまわり』と『星月夜《ほしづきよ》』という作品が小さく載っているだけだった。

オランダで生まれたフィンセント・ファン・ゴッホは、三十七年の生涯《しょうがい》のうち画家として活動したのは二十七歳から三十七歳のわずか十年間。その十年間で油彩画を八百点以上描いた。しかし、ゴッホが存命中に売れた作品は一点のみであり、不遇《ふぐう》の人生だったとされる。

『ひまわり』は日本のバブル絶頂期に五十三億円（手数料込み五十八億円）という高値で、日本人がオークションで落札した。

私は数行で説明できてしまったゴッホの生涯を繰り返して読み直す。何度読んでも文字が変わることなんてないのに。

たった十年間しか画家として活動しなかったゴッホ。

てっきりゴッホは、当時からとても人気がある画家なんだろうと思っていた。それなのに、彼の作品は生前に一枚しか売れなかったなんて。

ゴッホに触れるたびに、知るたびに、どうして、という気持ちが膨らむ。

「――向葵ってば！」

バシッと背中を叩かれて、慌てて教科書から顔を上げると、夏美が怪訝《けげん》な顔で私を見下ろしていた。授業はすでに終わっていて、美術室に残っているのは私と夏美と、美術の先生だけだった。木製の椅子に座っているのは、私ひとりだけだ。

「どうしたの？　二限遅刻するよ」

「あ、うん。ごめんね」

ぱたんと勢いよく教科書を閉じて、反射的に笑顔を浮かべながら慌てて立ち上がった。

帰りのSHR《ショートホームルーム》が終わると、夏美の周りには数名の女の子が駆け寄ってくる。

「夏美、帰りタピオカ飲みに行かない？」

「スタバの新作の次はタピオカ？」

「いいじゃーん美味《おい》しいんだから。夏美ちゃーん、タピ活しーましょ」

そんな会話を聞きながら、私は鞄に荷物を詰め込んでいく。いつもは机の中に置きっぱなしにしたままの美術の教科書を何でもないことのように鞄の中に忍び込ませた。

「向葵も一緒に行かない？」

夏美に声をかけられる。私はほんの一瞬だけためらったけれど、すぐに「うん」とうなずいて彼女たちの元に向かった。

タピオカミルクティー、Lサイズ、氷少なめ、甘さ普通、六百円。

みんなは飲む前に必ずスマホで写真を撮る。むしろ飲んでいるときよりも、写真を撮る時間の方が楽しんでいるような気がする。

私は、自分の手中に収まるタピオカドリンクを眺めながら、高いなあ、と思ってしまう。でもみんなにとってはふつうで、私が美術館に行くために九百円を払う方が高いと思われるだろう。

そういえば、美術館に行く途中にも有名なタピオカドリンク屋さんがあった。私たちと同い年ぐらいの女の子たちがいつも長蛇《ちょうだ》の列をつくっている。

あの近くでバイトをしている彼も知っているのかな。いや、なんだか知らなそう。

みんなで交わす言葉は明日には忘れていそうな内容ばかり。それでもみんなは、その話に一喜一憂《いっきいちゆう》して、大笑いしたり、盛大に怒ったりしている。

そんな中、私はみんなの表情を鏡のように真似するので精一杯で。ときどき、なんだか周りと自分との間が分厚い壁で隔《へだ》てられているように感じてしまう。

「バスケ部の遊川《ゆがわ》先輩からこないだＤＭきたんだけどさー、あの人ギャグ線高すぎてギャップやばかった」

「てかまず顔が良い」

「それ。顔大事」

次第に話は、女の子が大好きな恋バナへと移行する。みんなはきゃあきゃあと頬《ほお》を染めて楽しそうだ。そんな中、周りと同じように笑顔を浮かべて「いいなあ」なんて言う夏美の胸のあたりが〝黒く〟なっていた。

夏美はいつも明るくて、元気だ。裏表もない。

だけど、男女共に人気な彼女は唯一、恋愛の話題になると胸を〝黒く〟する。みんなはそれを微塵《みじん》も知らない。私だけがそんな夏美を知っている。でも見えたって、私はどうすることもできない。

みんなと別れてから、私は新宿駅へと向かった。人の多さに酔いそうになりながらも、目的地まで足を進める。

駅を出て、ブランドの看板が並ぶ道を真っ直ぐ歩いて信号を左折する。大型の家電量販店の近くにはいま流行りのタピオカドリンク屋さん。そこを通り過ぎてもう一本信号を渡り、大型コーヒーショップの脇の細道に入る。真っ直ぐ進み、突き当たりを右に曲がり、信号を渡って数メートル。彼がバイトしているという喫茶店に続くらせん階段を下りた先にあったのは、黒板の立て看板だ。そこには軽食と豊富な飲み物が、イラスト付きで描かれていた。

扉の前には、おしゃれな木製の看板がぶら下がっていた。

『Sunflower《サンフラワー》』というのがお店の名前らしい。

窓はステンドグラスになっていて、中の様子は見えない。少しの緊張で手のひらが汗ばむ。ドアを押して中に入ると、冷房の効いた冷たい空気が頬を撫《な》でた。

「いらっしゃいませ」

店内はとても落ち着きのある、素敵な内装だった。

薄暗い空間には暖かな色の照明、いくつもの壁画に、店の真ん中には柱を囲むようにたくさんの本が詰め込まれた本棚が並んでいた。

出迎えてくれた店員さんは、髪を茶色に染めた大学生らしき男性だった。彼でないことに少しの不安を覚えながら「おひとりさまですか」という店員さんの問いにうなずく。

店内は小さな子供を連れたママさんたちが談笑をしていたり、サラリーマンがひとりでサンドウィッチを食べていたりと、家庭的な雰囲気だ。

メニューを開きながら、控えめに見回す。

店員さんと思わしき人はふたり。先ほどの男性と、それから四十代半ばくらいの男性、後者はもしかして店長だろうか。昨日の彼の姿はない。その代わりに、私が座っているテーブル席のふたつ隣の壁に、ゴッホの『ひまわり』の複製原画が額縁付きで飾られていた。

ダージリンティーを頼み、することもないのでスマホを眺める。SNSを見れば、タピオカミルクティーの写真をもうアップしている友達。『いいね』の数はもちろん夏美がいちばん多い。私も周りと浮かないように無難な写真を選び、ハッシュタグだけを付けてアップする。たぶん、私の『いいね』はいちばん少ない。

「おまたせいたしました。ダージリンティーです」

スマホからぱっと顔を上げる。店員さんのネームを見ると、日下部《くさかべ》という苗字の上に【店長】と書かれていた。

彼のことを聞こうと思ったが、名前すら知らないのにどう訊ねればいいのかもわからず、結局「ありがとうございます」とお茶を受け取ることしかできなかった。

「ごゆっくりお過ごしください」

男性の柔らかな微笑みがあるにもかかわらず、私の視線はどうしても相手の心臓のあたりに向かってしまう。こういう自分が、すごく嫌だ。みんなには見えない、私だけが見えるそれで、その人を計っている気がしてならない。

ちびちびとダージリンティーを飲む。それでもカップ一杯分の紅茶はいつの間にかなくなってしまう。店内をさりげなく見渡しても、やっぱり彼がいる気配はない。

どうしよう、帰ろうかな、と椅子に置いていた鞄を手にしたときだった。

「あ」と、少しだけ驚いたような声がして顔を上げる。

目の前には、彼がいた。店内に入るときに鳴る鈴の音は聴こえなかったから、店の裏にでもいたのだろうか。

私はなぜか立ち上がって、彼に小さく会釈《えしゃく》する。彼はそれに対して、私よりもうんと低く頭を下げる。何から話せばいいのかわからず、私はもごもごと唇を動かした。

「あ、その、ホールにいなかったから、もしかしていないのかなって思っちゃった」

彼は今日も私服だ。

「うん。俺、融通《ゆうずう》利かなくてホールじゃ使い物になんないから、厨房《ちゅうぼう》にいる」

「そうなんだ」

「辞めろとは言われてないから、バイト続けてるんだ」

彼の言いたいことは、なぜだかよくわかった。

私たちはふつうに紛れるのが下手だ。だからいつ辞めろと言われるのか、いつ輪の中から追い出されてしまうのか、いつもびくびくしている。

「ここ、座っていい？」

彼は私が座っているテーブル席の対の方を指さした。「もちろん！」と、彼がいたことに対する喜びが声にもにじむ。しまった、と思った。しかし、はしゃいだような声を出してしまったことに羞恥《しゅうち》する私とはちがい、彼は少しだけ口角を上げる。

彼は、あまり表情を変えないけれど、決して感情に疎《うと》いわけではないんだろうなと思った。周りの曖昧な表現が読み取れないだけで。

彼は席に着くや否や、スマホを取り出し画面をいじる。

「ゴッホについて、知りたくなったんだ」

そう言いながらスマホの画面を私に見せる。それは昨日行った美術館のホームページだった。そのまま画面操作を続けて、ゴッホの年表のページに移る。

「これだけじゃさ、ゴッホが自殺した本当の理由がわからない」

彼の言葉に、私は慌てて鞄の中から美術の教科書を取り出す。ぱらぱらとめくり、ゴッホのページを広げた。

「ゴッホの作品は生前、一枚しか売れなかった。それに、彼が画家として活動したのはたったの十年間」

何度読んでも、やっぱりどうして、という思いが膨らむ。その思いを込めて、私も彼の言葉を思い出しながら口を開いた。

「私も、ゴッホのことを知りたい」

私の言葉に彼もうなずいた。


それからというもの、私は学校帰りにあの喫茶店へと足を運ぶようになっていた。いつも重かった鞄が、あの日——ゴッホを知りたいと思った日——から、わずかだけど軽い。ゴッホにまつわる本が増えた分、重くなったはずなのに不思議な気分だった。

「お、いらっしゃい」

喫茶店の扉を開けると、涼しい風とともに朗らかな笑顔が私に向けられる。店長の日下部さんは、ある日私たちの間に颯爽《さっそう》と入ってきた。

それは、私も彼もゴッホの情報を得ようとスマホとにらめっこしているときだった。

「きみたちの話は盗み聞きさせてもらったぞ」なんて、笑いながら堂々と声をかけてきた店長。私は驚きつつも彼の冗談に合わせるように笑う。それに反して、目の前の彼はたいそう嫌そうに目を細め、「なんで盗み聞きしたって俺たちに白状するんですか」とばっさりと言い切った。

私は彼のはっきりとした物言いにひとり慌てる。店長は彼の雇《やと》い主だし、今のは冗談なのに、と思いながらもその場で上手く空気を和ませるような気の利いた言葉が出てこない。

あわあわとする私に、店長がぶはっと噴き出すように笑った。そこに〝黒〟はない。あ、大丈夫だ、と思った。

「盗み聞きしたって言った方が潔《いさぎよ》いだろ」

店長は気にした様子もなく、テーブルの上に広がる美術の教科書を見下ろす。それから私たちが手にするスマホを見て、少しだけ困ったように眉を下げた。

「そうだよなあ、いまどきはネットだよな」

溜息《ためいき》がこぼれ落ちるようにそう言って、店長は一度私たちの元から離れた。そうして次に戻ってきたとき、その手には本があった。彼はそれを美術の教科書の上に置く。

『ゴッホについて―小学生でもかんたんにわかる』というタイトルの本だった。

「俺が古い人間なのかもしれないんだけど、ゴッホについて知りたいならネットだけじゃなくて本でも調べるといい」

その言葉に、彼が「どうしてですか？」とまたもやはっきりとした口調で訊ねる。それに慣れた様子で店長は笑顔を浮べる。

「なんていうのかなあ、信頼度のちがい。本は、誰が、どんな人が、いつ書いたのかがはっきりしてるのに対して、ネットは誰でもいつでも書けるんだ。ネットが悪いって言ってるわけじゃない。便利だしな」

店長は白い歯を見せて笑うと「ただ」と続ける。

「知りたいっていう意欲を小さな画面ひとつで簡単に完結させてほしくない。きみたちの知りたいっていう思いと同等の気持ちで知ってほしいと思いながら本を書いて、本をつくっている人たちがいることも、知った方がいい。調べ物ならなおさらな」

私は店長の心臓のあたりをちらりと見る。やはり〝黒〟はない。この人は、きっと丁寧な人なんだと感じた。

私がスマホの画面をブラックアウトするのと同時に、正面の彼も納得したようにスマホをしまった。店長はそんな私たちを見て嬉しそうにすると「以上、盗み聞きのおっさんでした」なんてはにかみながら、店の騒がしさの中へと戻って行った。

私も、彼も、他人とはちがうということを気にしなくてもいいような、柔らかな雰囲気が店長にはあった。暖かな店に、美味しい紅茶や珈琲《コーヒー》に、同じ気持ちを抱える彼と過ごす時間。いつの間にか、私はここにいるときがいちばん呼吸がしやすくなっていた。

もしかして、彼もそうなのかな。だからここでバイトしているのかな、と思う。それと同時に、私は彼のことを何も知らないと気づく。だけど、私がふつうじゃないことで何か抱えているように、きっと彼も何かを背負っているのだろう。それをほじくり返すように探りを入れることはできない。

「アイツ、四時にはバイト終わるからそれまではゆっくりしてて」

カフェモカを頼むと、店長はそう言って去っていく。私はうなずき、鞄の中から本を取り出す。放課後、学校の図書館で借りてきたのだ。学校の蔵書ということもあって、古いものが多い。

ゴッホに関する本を何冊か借りるものの、文字の小ささや細かい説明によく頭が混乱する。それに加えてもともと本を読まないので、一冊にとても時間がかかってしまう。

カチャ。キッ。ガヤガヤ。ガタン。カチャカチャ。

耳から入ってくる音と、目で追いかける文字の音が、ときどき交錯《こうさく》する。

喫茶店や外で何かに集中しようとすればするほど、些細《ささい》な音が気になって仕方ない。フォークとお皿が重なる音。ガラス製のコップが木製のテーブルに置かれる音。誰かの笑い声。

文字と文字の間に音が滑り込んできて、それが文となってとたんに読みづらくなる。時には珈琲とマヨネーズと焼けたパンの匂いが混ざって、それさえも文をさえぎることもある。

集中力がないからだ、と周りには言われてしまいそうだけど。

見渡す限り、私と同じように本を読んでいる人はいくらでもいる。そんな人たちと自分がちがうと思われたくなくて、必死で平静《へいせい》を装って文字を追いかける。

結局、彼がやってくるまで四ページを読み進めるのが限界だった。

「おつかれさま」と声をかけたが、彼の表情はいつもより暗くて、硬い。きっと他の人なら気がつかないようなことなのかもしれないけれど、私は胸の黒以外にも、人の変化に敏感だ。彼の身体に張りつく雰囲気という名の感情の空気が、いつもより湿っている。

「どうかしたの？」

私の問いかけに、彼は私と目を合わせぬまま口を開く。

「最近、厨房に新しい人が入ったんだ。三十三歳のイノウエさんって人。その人が調理師の免許持ってるから厨房の指揮《しき》を執《と》ることが多いんだけど……」

彼はいつも通り、VネックのTシャツにジーンズだ。

「『適当』にとか、『良い具合に』とか『だいたい』とか『あれやっといて』『それ取って』が、まったくわからない。なんでみんなそれで瞬時に理解して動けるんだろう」

彼は疲れたように、額に手を当てたまま目を閉じて静かに呼吸を繰り返す。疲れ果てて、椅子に座ったきり動けなくなってしまったみたいだ。

ふつうの人にとっては話の流れやその場の雰囲気でわかるのかもしれないことが、わからない。それは、彼にとって相当なストレスになる。

「……私はね、いま、相手が求める言葉だったり、欲しい対応を、すごく感じ取りやすいんだ」

彼がゆっくりと目を開けて、一瞬だけ私をその茶色の瞳で捉える。その目が言葉の続きを促すように、探求的な光をしていた。彼の思いに呼応するように口を開く。

「相手が何も言わなくても、いまはこうした方が相手に不快に思われないだろうな、とか、こうすれば相手が喜んでくれるだろうなって、特に一対一のときは、だいたいの確率でそれが当たってるし、わかる」

相手の醸《かも》し出す感情の粒子《りゅうし》や、〝黒〟を見れば簡単なことだった。私はパニックになって頭を真っ白にしない限り、その選択を間違うことはあまりない。

「うらやましい」

彼がぽつり、とそう呟いた。私は、ぎゅう、とスカートを握りしめる。

「でも、それだと私の本当の言葉はどこにもないでしょ？　人から嫌われたくないから、自分の思いよりも先に正解を口にする。それって、本当はいちばんひどいことだと思う。そうやって、相手に合わせた言葉だけ選んでるうちに、自分の言葉が空っぽになっちゃった」

だから、私には本当の友達がいない。誰に対しても都合の良いことしか言わない人間で、本音でぶつかったことなんてないから。八方美人というよりも、本当に私は空気なのだ。

ぎゅう、とさらにスカートをきつく握りしめる。うつむきたくなってしまう顔を上げて彼を見ると、彼は落ち込んだままだ。

「ごめんね。本当の私じゃ、きみを励ます言葉も見つけられなくて」

きっと、彼の立場に自分を重ねて、彼が欲しい言葉を探してそれを告げるのは簡単だ。でもそれは私の言葉であるように見えて、私の本当の言葉ではない。

「でも、きみに元気を出してほしい気持ちは本当だよ。……その、きみの抱えてる悩みを具体的に解決してくれるのは店長だと思うし、あの人は私たちみたいな人もふつうの人も、分け隔てなく接してくれると思う」

彼はしばらく黙り込んでテーブルの木目を眺めていた。そうして、そっと額から手を離し、小さな声で「うん」とうなずいた。

「話してみる」

私は彼の答えに、何度もうなずいた。店内に流れるジャズが終わるのを合図に、私たちはゴッホについて調べ始めた。

鞄から学校で借りてきた数冊の本を取り出したとき、ファイルからはみ出していた一枚の紙が不意に鞄から飛び出す。

ひらひらと床に落ちた紙を拾い上げてくれたのは彼で、拾う拍子にその内容を目で追っていた。

「心の拠所？」

それは、美術で出された、夏休み中の課題についてのものだった。私は差し出されたその紙を受け取りながら、苦笑いを浮かべる。

「夏休み明けに提出する絵なんだけどね、『心の拠所』って私には何ひとつ浮かばなくて」

紙をファイルに戻しながら、少しだけ下唇を噛む。

突きつけられて初めて気づいた。私には、『心の拠所』にできるものがひとつもないんだって。ふつうに紛れることに必死で自分自身を迷子にした挙句《あげく》、今あるのがひとりぼっちの自分だなんて。

「俺もないよ。心の拠所」

「え？」

反射的に顔を上げて彼を見る。彼はテーブルの上に置かれた図書館の本を手にしながら言う。

「いつも自分は孤独だって思ってる。卑下《ひげ》してとかそういうんじゃなくて」

本をめくりながらそう言う彼の瞳には、どこか諦めがにじんでいた。

「ふつうじゃない俺は理解されない存在で、理解してほしいなんて思うのも見当ちがいだから。ふつうの人になるまでは、人並みの幸福感とか感じられないんだろうなと思う」

「……うん。すごく、よくわかる、その気持ち」

思わずこぼれた言葉に、彼は驚いたような顔で私を見た。私も彼と同じ気持ちだった。まさか、自分と同じ気持ちを抱えている人がいるなんて。そう思った。

私は開かれた本を見下ろしながら呟く。

「ゴッホの作品は生前、一枚しか売れなかったってことは、彼の作品も、彼自身も、周りに理解されなかったってことなのかな。亡くなってから理解されて、それでゴッホは幸せだって言えるのかな」

まだ調べて間もないゴッホが、自身と重なる。私も、周りに理解される前に死んじゃうのかもしれない。そもそもゴッホみたいに、私は後世に残るような何かをつくってるわけじゃない。そしたら、死んで終わりだ。

考えるほど、気持ちが深い海の中に沈んでいく。

「わかんないけど、ゴッホについてちゃんと調べたうえで、判断するしかないと思う」

彼はそう言って、文字を追いかけ始める。彼の当たり前の言葉に、こうしてときどき海底からぐっと引き上げられることがある。

私は「そうだね」とうなずいてから、本へと視線を落とした。

さまざまな外部の音に引っ張られながらも本を読んでいれば「おーい」という鮮明な声に顔を上げる。すると、ひとりの男性が私たちを見て立っていた。茶髪を見て思い出す。店長と一緒にホールに立っている大学生らしき男性店員さんだ。

「熱心に読書中、ごめんね」

にっこりと笑った店員さんは私服だ。バイト中ではないということだろう。私が首を横に振ると、店員さんは「おーい」と言いながら彼の肩を軽く叩いた。

彼は心底驚いたようにびくっと肩を上げる。それから店員さんを見上げると、耳栓《みみせん》を抜いた。耳栓してたんだ、とそこで初めて気がつく。

「佐伯《さえき》さん、おつかれさまです」

佐伯さん、というのか。彼の挨拶「おう、おつかれ」と佐伯さんは笑うと、手にしていた紙袋を彼に渡す。

「ナナ、これ、要る？　俺がもう着なくなった服」

佐伯さんの言葉に、私はぽつりと「ナナ」と繰り返した。するとそんな私に反応したのは佐伯さんではなく、彼だった。

彼は、目を合わせることなく、私に言う。

「名無しだからナナ。俺が自分の名前嫌いだって言ったら、いつの間にかナナって呼ばれるようになった」

「だって名前教えてくんないし、本名知ってるの履歴《りれき》書持ってる店長だけだし、店長もナナの本名呼ばないしで、俺が冗談で『名無しのナナくん』って呼んだら普通に返事するようになったし」

あはは、なんて笑う佐伯さん。

名無しだから、ナナ。彼は本当にそうやって呼ばれるのが嫌ではないのだろうか。そんな思いが顔ににじんでしまっていたのか、佐伯さんが小さく溜息をついて笑った。

「本名で呼ばれるよりはナナの方がいいんだって。な？　そうなんだろ？」

「はい」

佐伯さんの言葉に、間髪《かんはつ》入れずにうなずいた彼の胸に黒はない。私は「そうなんですね」と小さく笑顔を浮かべた。

佐伯さんから紙袋を受け取り、彼は中身を確認する。その中に手を入れ、ぐっと眉《み》間《けん》にシワを寄せた。

「俺、このがさついた素材苦手です」

そう言いながら彼が取り出したのは、ふつうの服だ。

「相変わらずこだわり強ぇなあ。じゃあこれは中古に売る。あとは大丈夫?」

「はい。ありがとうございます」

佐伯さんは彼がダメだと言った服だけ手にし、あとは紙袋ごと彼に手渡した。やっぱりどれだけ見ても、彼がどうしてあの服が苦手なのかあまりわからなかった。

「じゃあ、お邪魔してごめんね。ナナ、今度飯行こうな」

佐伯さんはひらひらと手を振ると、服を鞄に押し込みながら店を出ていった。佐伯さんに黒はなかった。

ここで働く人たちと仲が良いんだなあと思いながら、目の前へと視線を戻す。すると「今度飯行こうは社交辞令《しゃこうじれい》」と、彼は真剣な表情のまま、小さな声で呟いていた。

「え?」

私は彼の方を見る。彼は自分に言い聞かせるように、もう一度同じ言葉を繰り返している。気まずそうな表情を顔に貼りつけながら。その胸に黒は見えない。

彼が私の視線に気がつき、こちらを向く。私にしては包み隠さず、あまりにも怪訝な顔をしていたはずだ。それなのに彼はそんな私の表情から何も読み取ることなく口を開いた。

「何？」

いつもなら、ちがう相手だったら、私はここでわざわざ勇気を出して訊ねたりなんてしない。でも、いま、私の前にいるのは彼だ。

「社交辞令って、どういうこと？」

確かに社会には、挨拶代わりの社交辞令が溢れているのを知っている。私はあんまり上手く使えたことがないけれど、使われたことだってある。

佐伯さんと彼の関わりがどれほどまでのものなのか知らないけれど、佐伯さんがその場から離れるための道具として誘ったとは思えなかった。だって、あのときの佐伯さんの胸に〝黒〟はなかったのだ。

「今度飯行こうとか、今度遊ぼうとか、それが本心なのか社交辞令なのか俺には見分けられないんだ。だから、全部、社交辞令だって思うようにしてる。そうすれば、誰かを無意識に困らせることもないし、自分が勝手に傷つくこともない」

そう言いながら彼は静かにまばたきを繰り返すだけで、私には彼の真意が読み取れなかった。ただでさえ彼の表情は心と乖離《かいり》しているように見えるのに。

彼の胸に黒はない。本気で彼がそう思っている証拠だった。

こんなにも人の思考がわからないことなんて今までなかった。そんな彼に自分がどうすれば正解なのか、答えが全然見えない。わからない、ということがこんなにも自分の気持ちを不安にするなんて、知らなかった。

私は今まで、わかりたくもない、知りたくもない、それなのにわかってしまう。そんなことばかりに苦しんできたから。

ただ、私はわからないなりに、彼の隣にいる意味を見出したいと思っているのも、確かだった。

私は本人が隠しているような本心でさえ、見つけてしまう。いつだって、その人の言葉と心の本質を見抜いてしまう。見えないなら、見えない方がきっと幸せなんだろうなって思うこともしょっちゅうだ。

「本当の言葉だけしか拾えなくなっちゃったら、きっと人は耳を捨てたくなるんじゃないかな」

正義が人を殺すこともあるし、鼻歌が人を救うことだって、きっとある。

本物の有意義《ゆういぎ》が何なのか、それはこんな私にはわからないけれど、「花が咲いたね」の言葉だけでみんなが笑い合えればそれだけで十分なのに、と思った。

でもいまの世の中、みんなは自分を守るために嘘を吐く。それは他人を切り捨てる行為であり、誰かに罪をなすりつけるためであり、誰かを傷つけるためであったりする。

耳を捨てたくなってしまうような人たちがいったい、この世界にどれくらいいるんだろう。私の言葉を聞いて、黙り込んでいた彼が口を開く。

「よくわかんないな」

はっきりとした彼の言葉に、私は曖昧にうなずきながら言葉をこぼす。

「私も、よくわかんなくなっちゃった。やっぱり〝ふつう〟がいちばんなんだろうね」

「うん。俺もそう思う」

「ふつうになれるように頑張らなくちゃね」

「そうしたらさ、生きやすくなんのかな」

「きっと」

そう言いながら、再びお互いの手のひらで広がる本へと視線を落とした。

第三話

二限の数学は、担当の先生が自分の受け持つクラスの生徒が何かやらかしたとかで、急遽《きゅうきょ》自習という形になった。教師不在の教室は当たり前だがみんな好き勝手やりたい放題で、真面目に数学の教科書を机の上に広げている人なんていない。

「普通って、いちばんつまんなくない？」

仲良しグループで机の周りに輪をつくった中で、頬杖をついた白井《しらい》さんがそう口火を切った。ほかの子たちが白井さんの言葉に激しくうなずいている。私の隣の席である国枝さんの椅子に当然のように腰かけた夏美は笑みを浮かべたまま、まばたきを繰り返している。

——ふつうの子に生まれたかった。

私はこの言葉を、中学生の思春期を言い訳にして親にぶつけたことがある。私が見えている〝黒〟を知らない両親は、怪訝な顔をして固まっているだけだったけれど。

私は、みんなに合わせて小さくうなずいておいた。

「普通ってさ、まったく魅力がないってことだし、可もなく不可もなくついでに記憶にもなくって感じじゃん」

「ほんとそれな！　相手にも特別を求めたいけど、そもそも自分が普通すぎて、普通の人しか寄ってこないのが現状」

「え、待って、何の話してんの？」

「普通すぎる彼氏の話かと思ってた」

「ちがうっしょ。だってカナ、いま片思いじゃんね」

周りが当たり前のように口にする普通を、私は何ひとつ理解できていない。自分の感受性が周りと同じだったら誤差も生まれずに済むし、彼みたいな人にとっては当たり前だけで出来上がる暗黙《あんもく》のルールに頭を抱えなくて済む。

どっちにしたって、どう転んだってふつうがいちばん素敵だ。それ以外に考えられない。私はそう思う。

白井さんは今にも雨が降り出しそうな暗い感情をにじませながら、溜息をこぼす。

「好きな人がさあ、あたしのこと、顔も印象も性格も、女としても、ぜーんぶ普通としか思ってないっていうのを、友達から聞いちゃってもうしんどい」

みんな白井さんに便乗《びんじょう》するように顔を曇らせつつ、精一杯励まそうと笑顔をつくる。それが表面上のみんなで、私は、たまに〝黒〟がグループの子たちから漂っているのを知っている。

ぱっちりとした二重《ふたえ》が特徴的な深山《みやま》さんが、白井さんの腕をさすりながら言う。

「でも嫌われてないなら全然チャンスあるんじゃゃん？」

深山さんの言葉にほかの子が口を開く。

「いやー、でもさ、冷静に考えてみ？　普通のクラスメイトに言われたらイラッてくることも、好きな友達とか好きな人に言われたら、しゃあない許すかって許容範囲広がらない？」

「えー、たとえば？」

「クラスメイトに『ブスだね』って言われるとムカつくけど、好きな子に言われたら……いや、あれ、めっちゃ傷つくね」

「ダメじゃん」

「でもでも、それも相手が普通じゃないっていうかそれ以上だから響くわけで、普通のやつに言われても『は？　うざ』で終わるやつっしょ？」

みんなの会話のキャッチボールはいつだってテンポが速くて、私はみんなの言葉についていくだけで一杯いっぱいだ。しかも人数が増えれば増えるほど、他人のありとあらゆる感情が私の中に入ってきて、無意識のうちに呼吸が浅くなってしまう。

何も言わずにみんなの表情を真似て追いかける私に、みんなはわざわざ視線を寄越すこともなく、会話を続ける。

「でも『美人は三日で飽きる』って言うじゃん？　やっぱ普通がいいんじゃないの」

「ばっか。飽きるわけないって。あれはたぶん『普通が三日で逃げた』んだよ。美人を見続けるのがいろいろしんどくなって、普通の方が三日で逃げ出したのを隠蔽《いんぺい》したんだよ。絶対」

みんながけらけらと笑いながら恋に関する持論をあちこちに飛ばす。

「っていうかうちも彼氏欲しい」

「え？　みやっち彼氏いなかったっけ？」

「別れたー。好きじゃなくなったー」

「え！　あんなにラブラブだったじゃん」

「それはもう過去の遺物《いぶつ》です」

深山さんが巻いた髪を後ろに流しながらつまらなそうに口を開く。

「好き！ってなって付き合うんだけど、付き合ってからそうでもなくなるんだよね」

「うわ、最低」

「相手が悪かっただけだから！　いま狙ってるバイト先の人は本気だから！」

「それ前の彼氏のときも言ってたじゃん」

「うるさいなあ」

早すぎる会話に、言葉のボールを追いかけるだけで目が回りそうになる。何か言った方がいいのかな、と思っても私がその言葉を考えている間にその話題は過去のものになってしまう。

「……あたしだったら、いま好きな人と付き合えたら絶対別れたいなんて思わないけどなあ」

ずっと黙り込んでいた白井さんがぽつり、とそう吐き出した。棘《とげ》のある、いつもより低い声の矛先《ほこさき》は、深山さんだった。白井さんの胸に〝黒〟は見えない。

その場の空気が、ほんの一瞬だけ凍る。

「まいこなら大丈夫だって。かわいいし、料理できるしさ」

明るい声でそう言ったのは深山さん。けれど、深山さんの胸にははっきりとした〝黒〟が渦巻いている。

「そうだよー。まいこ、足細いし、女の子らしさ半端《はんぱ》ないから余裕だって」

落ち込む白井さんを持ち上げようとする子たち。言葉を紡ぐたびに黒が色濃くなっていく。みんなの励ましの言葉にも、白井さんは未だに落ち込みを見せたまま。

そんな白井さんに対して深山さんが、明るく茶化すような声で言う。

「もうー、まいこほんとに面倒くさいよー？　構ってちゃんだるいよー」

深山さんの冗談にみんなも便乗《びんじょう》しながら笑う。ばしばし、と肩や背中を叩かれて、からかいの言葉を受け取る白井さんはようやく「うるさいなあ」と笑みを浮かべた。

でも、私は顔が引きつるのをこらえるのに必死だった。

深山さんの冗談は本音だった。深山さんだけじゃない。彼女の冗談に乗っかったみんなも、心から白井さんを面倒くさいと思っていた。その証拠に、彼女たちから黒が見えなくなっていた。

「――ねえ、夏美は好きな人とかいないの？」

深山さんに話題を振られたのは、夏美だった。恋バナに入ったとたん、笑顔と相づちだけを極めていた夏美が、ぱっと明るい笑みを深めた。

「イケメンは好きだよー」

そうおちゃらけたように言う夏美の胸のあたりがみるみる〝黒〟の渦をつくる。

夏美は一年生の頃からそうだった。恋バナになると、なぜか心と言葉がとたんに一致しなくなる。だけどそんなことにもちろん気がつかないみんなは「だよねえー」なんてけらけら笑うだけ。

「ねえ、みんなは好きの基準って何？　やっぱ顔？」

夏美が笑顔で明るい声のまま訊ねる。すると、「えー？」なんて笑いを含ませながら女子トークは一気に盛り上がりを見せる。

ふと、夏美が前に何気なく言っていたことを思い出した。

女子トークで盛り上がるのは、その場にいない人の悪口と恋バナだ、って。それを言う夏美は心底疲れたような顔をしていた。

白井さんが頬杖をつきながら黒目を左上へと持っていく。

「なんか、ふとした瞬間に特別な感じがする、的な？　ほかの人には感じないのに、その人と話すとめちゃくちゃ幸せな気分になっちゃうみたいな」

深山さんが「ピュアだな」と笑いながら続ける。

「うちは断然顔から入る。好きな顔だったら何しても許しちゃうもん。普通に顔見て、あ、好きってなる。夏美は？」

夏美はへらりと笑うと「シロちゃんのとみやっちのを足して二で割った感じかな」と言った。夏美の心臓のあたりは黒が膨らみ、渦巻く速度を速めるばかりだった。


フィンセント・ファン・ゴッホは一八五三年三月三十日、オランダ南部のズンデルトという場所で生まれる。彼が生まれるちょうど一年前の同じ日に誕生したが、生後まもなく亡くなった兄フィンセントの生まれ変わりとして、同じフィンセントという名が彼には付けられた。

父親は牧師であり、ゴッホ家は牧師や画商を多く輩出する教養のあるエリート一族であった。六人兄弟の長男で、三人の妹とふたりの弟がいる。

幼少期のゴッホは癇癪《かんしゃく》持ちで反抗心が強く、すぐにいさかいを起こし孤立していた。人から強制されるのが嫌いで頑固《がんこ》な彼は、学校になじめず退学となる。


「癇癪？」

本の文字を読み上げる。目の前の彼は本から顔を上げると「何？　聞こえなかった」

と言うので再度「癇癪ってどういう意味？」と繰り返す。

「些細なことでも怒りの感情を抑えられないってこと」

「なるほど。ありがとう」

彼は疲れたようにぱたんと本を閉じる。目をしぱしぱとさせながら、小さな息を吐き出す。

学校の図書館で借りた古い本は、どちらかといえばゴッホの作品についてさまざまな解釈を綴《つづ》ったものだったらしく、ふたりで協力して読み潰したものの、私たちが欲しい情報はなかった。

なのでまた仕切り直しでお互いにゴッホについての本を集め、一から読み始めたのである。

そんな私たちのことを、店長はお腹を抱えて笑っていた。佐伯さんには「途中で気づけよ」と正論を言われた。だが、私も彼も中途半端にすることができずに結局最後まで読み切ってしまったのだ。

「あんな温かい絵を描く人が、小さい頃は癇癪持ちで問題児だったなんて、なんだか信じられない」

するると、彼は自分が手にしている本を私の方へ向ける。

「だけど、家族は大切にしてたらしい。特にゴッホを生涯支え続けた四歳年下の弟、テオとは仲が良かったみたいだし、家族の誕生日には絵をプレゼントしてたって」

「そうなんだ」

「ゴッホの母親も神経系の遺伝を持ってて、癇癪の発作《ほっさ》を起こしてたみたいだから、もしかして遺伝だったのかもしれない。まあ、医療が進んでいない当時だと変人、問題児、厄介者《やっかいもの》としてしか、周りには見てもらえないんだろうけど」

変人、問題児、厄介者。それはきっとふつうの人たちから見た、ふつうじゃない人たちのことだ。

私はふと、今日の学校での会話を思い出し、口にする。

「今日、クラスの子たちが普通はつまらないって話してたの」

ちらりと前を見ると、彼は私と目を合わせることなく「うん」とうなずいた。それは、彼がきちんと話を聞いてくれている合図だった。

私は目と目を合わせて話さなくても、彼がちゃんと話を聞いてくれることはそれだけでわかるのにな、と心から思った。その顔を見ながら、彼と初めて会った日にお互いの苦しみを打ち明けたことを思い出す。

私も彼と同じようにテーブルの木目に視線を向け、言葉の続きを吐き出す。

「正直ね、とても情けないけど、つまらないって言えることがうらやましいなって思った」

ハードカバーの本は開かれたままテーブルの上に置いてある。親指の爪を反対の指の腹で撫でながら、下唇を舐《な》める。

ないものねだりだってことは十分わかってる。

普通が嫌だと嘆《なげ》く彼女たちも私も、お互いに自分にはないものを欲しがっているだけだ。

冷房が私と彼の間をするりと通り抜ける。それと同時に、前から穏やかな声がこぼれ落ちてきた。

「……『どうしてふつうの子に産んでくれなかったんだよ』って親に言ったことがあるんだ」

私は思わず顔を上げて彼の顔を見つめていた。

同じ言葉を、私も親にぶつけた。彼は、じっと木目を見下ろしていた瞳を長い睫毛とともに伏せて、口を開いた。

「小さい頃からいろんな人に『言葉を慎め』って言われ続けてきた。俺が何気なく口にした言葉で女子には泣かれたし、男子は急に喧嘩をふっかけてきた。大人は俺に呆《あき》れて関わるのを嫌がった。俺のせいでいつも親は学校に呼び出しを食らって、教師や当事者の親に頭を下げ続けているのをずっと隣で見てた」

彼の表情はまったく変わらないままだった。

悲観とか憤《いきどお》りとか、そういったものをどこかに置き忘れたまま ここまで来てしまったように淡々と、ただひたすらいままでのことを口にする。

「『自分がされて嫌なことはしない』とか『相手の立場になって』とか再三《さいさん》言われてきたけど、そもそもその基準の『自分』がふつうじゃない俺にとっては改善のしようがなかった」

彼の毛先だけが、ささやかな冷房によって、ふわり、と揺れる。

傍《はた》から見たらきっと私たちはどこにでもいる十代だ。それがとても切なかった。泣きたいくらいに。

私は隣の彼をずっと見つめていた。やっぱり彼の胸に〝黒〟は見えない。

「『僕はずっとひとりぼっちでいるせいか、人と話すと自分のことばかり話してしまう』って言葉をゴッホが残しててさ。なんか、言いたいことがわかるんだ。周りからわかってもらえないからこそ、わかってほしいんだ」

寂しそうに顔を歪める彼に、私は冷房のよく効いた冷たい空気を鼻から吸い込んだ。空気の私じゃなくて、本当の私として気持ちを伝えたい。

「私は、きみの言葉に救われたことはあったとしても、傷つけられたことなんて一度もないよ」

彼は人の目を見るのが苦手だから、一瞬、どうしようかと迷ったけど、私は真っ直ぐと彼の目を見つめて言い切った。彼は私の視線に引っ張られて、こちらを向く。

驚いたように見開かれた瞳は、次の瞬間にはふわりとテーブルの方へと落ちた。

「……うん。ありがとう」

まばたきを繰り返す彼の瞳に、ほんの少しだけ温かい色が見えた気がした。


その日はテスト返却が授業の大半を占めていた。徹夜で詰め込んだ知識ばかりなので解答の説明もほとんど上の空状態だ。頭の中を占めるのは、ゴッホと彼と〝ふつう〟について。

教室で夏美と、仲の良いいつものメンバーで休み時間を過ごす。

「今回の現国、なんかいまいちだった」

「私も。いつも現国で平均稼いでるのにやばいなあ」

私は夏美を通じて間接的に仲良くなった子が多いので、話題を見つけるのにいつも苦労してしまう。基本的に聞き役としてうなずいたり相づちを打ったり、みんなの笑いに合わせて口角を上げるばかりだ。

いつだって私は空っぽ。そんな自分が、いちばん嫌い。

「最高点九十六って、向葵でしょ？」

夏美がきらきらとした笑顔で私に問う。私はどう答えるのが正解なのかで迷い、それが要らぬ間を生む。

結局「まぐれだよ」と返すのが精一杯で。先ほどまで現国で点を取れなかったという子たちが不快にならないような答えを探したのに、会話の鮮度を重視するとたんに言葉選びにつまずいてしまう。

「すご。私なんて六十三点なんだけど」

「勝ったーあたしは五十五点」

「負けてんじゃん」

けらけらと笑う彼女たちの胸は〝黒く〟ない。そのことに安堵していると「もうー、向葵平均点上げないでよー」と大げさに笑いながらそう言った子の、胸元が〝黒く〟なっていた。あ、冗談に見せかけた本音だ。ヒュッと喉が小さく悲鳴を上げる。

「うちのクラスの平均が低かったら担任に怒られるんだもん、向葵いて逆にラッキーじゃん」

あははっと夏美が笑いながら言う。「まあ、そうなんだけどさあ」と苦笑いする子の胸元の〝黒〟は色を薄めていく。

私は一年生のときからこんなふうに、何度となく夏美に救われている。ありがとう、と言えないけれど、私は明るく笑う夏美の横顔に思わず拝みたくなった。

――それはいきなりの出来事だった。人の声で騒がしい教室に、音楽が大音量で鳴り響いたのだ。

急なことにその場にいた全員の視線がそちらに向けられる。不意に身体に突き刺さる大きな音が苦手な私は、少し遅れてからみんなと同じところへ顔を向けた。

その先では教室の隅っこで肩を寄せ合っていた三人組のうちのひとり、長谷《はせ》くんが慌てふためいた様子でスマホの画面をタップし続けていた。きっと、彼にとっても事故だったのだろう。顔を真っ赤にして大音量を止めようとしている。

初めて聴く曲調に、あまり関わりのない長谷くんの好みを知ったような気がした。夏美たちの周りに集まる男子たちは、音楽に疎い私でも知っているようなバンドだとか有名なグループが好きで、いかにもかっこいい感じの音楽を聴いているイメージがあった。だから長谷くんのスマホから流れてきた音楽には一瞬だけ驚いたけれど、特に何とも思わなかった。

「え、控えめに言ってきもいんだけど」

私たちがいる輪の中からそんな嘲笑《あざわら》うような声がした。大音量に負けないくらいの声量に私は驚いて振り向き、唇を動かしたであろう彼女を見る。

先ほどまで私に〝黒〟をつくっていた子だ。今こそ、その胸元に〝黒〟があればいいのに、ない。ということは、彼女が長谷くんに向けた言葉は本音なのだ。

彼女は目を細めて長谷くんたちを見ていたが、「ああいうの、ほんと無理」と言葉を続けながら不機嫌な顔のままお茶を飲んだ。

大音量は止まったのに、長谷くんの肩身は狭いままだった。それは教室の中にいるふつうの人たちがそういう雰囲気を作り出したからだ。

遠回りにくすくすと笑ったり、はたまた一方的な暴力のように彼を責め立てる言葉が飛び交う。

私たちの輪の中でもその空気は出来上がっていた。夏美は何も言わず、小さく下唇を噛んでは周りの様子を窺っている。

「なんかすごいきもいの聴かされたんだけど、耳腐った気がする。病院行かなきゃ」

「はいクラス全員分の慰謝料《いしゃりょう》請求ー。つか、アイツなんで謝りもしないでへらへらできんのかが謎」

「何あの曲やばくない？　見た目通りすぎて逆につまんないけど」

「陰キャの曲は陰キャに聞かなきゃわかんないって」

「ああいうの聴いてるやつに限ってネットではイキってるんでしょ、きっも」

声をひそめるどころか、同じ教室にいる長谷くんに聞こえるように繰り出される言葉の数々。

みんなの胸に〝黒〟はない。見えてほしいのに。そんなときに限ってひとつも見えやしない。それが苦しくて、悲しくて、やるせなくて、私はこらえるように机の上だけを見つめる。

拒みたくても次から次へと私の中にみんなの負への感情が入り込んでくる。どろり、としたそれは、私の内部さえも同じように染めにやってくる。

ちらり、と瞳だけ持ち上げて、再び長谷くんに視線を向けた。

長谷くんは猫背《ねこぜ》をいつもよりうんと丸めて、四方八方から突き刺さる凶器《きょうき》に気づかないふりをしている。懸命に笑顔を作っては一緒にいる子たちに、必死で話しかけている。でも彼の心臓のあたりは〝真っ黒〟に渦巻いていた。

「うわ、アイツうちらのこと無視して笑ってんだけど」

ちがう。無視なんかできるわけない。できていたら、彼の心はあんなに黒くならない。

「頭おかしいだろ。日本語通じないんじゃやね？」

届くどころか、血が出てないのがおかしいくらい、長谷くんにはみんなの言葉は突き刺さってるのに。

言葉の暴力はあまりにも怖い。一見、誰も傷ついていないように見えてしまう。

「長谷！　お前次同じことしてみろよ。教室の窓からスマホ投げ捨てっからな」

クラスのやんちゃな男の子が笑いながら言う。彼の胸は黒くない。

きっと、誰かの上に立つ優越感に溺《おぼ》れて、みんなから得られる危険な後押しもあって、過剰《かじょう》な発言に拍車《はくしゃ》がかかってしまうのだ。

長谷くんと一緒にいるふたりは、ターゲットにされた長谷くんよりも周りの視線を気にしている。長谷くんが周りから自衛するためにふたりに会話を繋げようとしているのに、ふたりは自分に攻撃が及ぶのを恐れて口を閉ざしたまま。

テリトリーなど知らない負の感情は、教室の中で肥大し、渦巻き続ける。

「向葵、見すぎだって。長谷かわいそうじゃん」

含み笑いで友達がそう言った。異様なほどに好奇を孕《はら》んだその瞳にぞっとする。

私が長谷くんをどういう思いで見ていたのかを知りもしないその子にとって、私が彼らを見ていたという事実は、彼らをさらに吊し上げるための材料にしかならない。

私のたったひとつしかない身体は、頭の先から足のつま先まで隙間なく長谷くんの〝黒〟とその他大勢の悪意で埋め尽くされて、次第に呼吸することさえ苦しくてたまらなくなった。

私は夏美たちの方へ向き直る。

長谷くんの〝黒〟。みんなの黒よりも醜《みにく》い〝悪意〟。

脳裏から離れることのない長谷くんの闇夜《やみよ》を取り込むように、一度唾《つば》を飲み込んでから静かに口を開いた。

「……そう、だね」

その材料を、そのまま受け入れてしまうのが、いまの私だった。

　私は自分の〝黒〟だけは見えない。けれど見えなくたって、わかる。私は誰よりも〝黒〟を嫌っているくせに、きっとその誰よりも自分自身が〝真っ黒〟なんだろうな。

　私の背中の向こうで、きっと長谷くんの胸は、海の底のように暗い色がさらに濁り、濃くなってしまっている。それをどうしようもできないのが、いまの私だった。


フィンセント・ファン・ゴッホは十六歳のときに美術商グーピル商会ハーグ支店に就職する。幼少期に問題児であったとは思えぬほど、極めて真面目で模範的《もはんてき》な従業員であったゴッホは、ロンドン支店へと栄転する。しかし、下宿先の娘に大失恋をし、そのショックから仕事に身が入らなくなり、ついには画商を解雇《かいこ》されてしまう。

　その後、イギリスの寄宿学校で語学教師になるも、またもやクビになる。それからは補助説教師、書店員、父と同じ牧師となるべく神学《しんがく》学校を目指すも、ラテン語やギリシャ語の習得でつまずき挫折《ざせつ》。伝道師《でんどうし》養成学校に入学するも退学、貧困地区で自主的に伝道師として活動し、一時は伝道師と任命されるも、結局、伝道協会に解任されてしまう。


本の年表ごとの説明を読み上げ終わった私に、目の前の彼は「あのゴッホだって知らないで聞いたら、とんでもないダメ人間だな」と呟く。

私もこめかみのあたりを人差し指でさすりながら言う。

「私がこんなにクビとか退学とか経験したら、心折れちゃいそうだなあ」

正直な感想を並べながら、ふたりでそれ以外の情報も得るために本を読み進めていく。といってもお互いにちがう本なので、もちろんすべてが同じ内容というわけではない。

「……あ、でもね、語学教師のときは貧困の人たちが滞納《たいのう》していた授業料の徴収《ちょうしゅう》ができなくてクビになったんだって。ゴッホは貧しい人たちからお金をとるよりも、自分がクビになる方を選んだんだね。それで、貧しい人たちを救済《きゅうさい》するために牧師を目指したみたい」

彼は静かにまばたきを繰り返す。「ふうん」と一見興味なさそうな返事だけれど、「癇癪を起こしてクビになったわけじゃなかったんだな」なんてしみじみと言う。

「補助説教師になった後も、貧しい人のためにご飯もろくに食べずに働きづめになって身体を壊したみたい。それから自費で伝道師として炭鉱《たんこう》の町に行ったときも、貧しい人たちに衣服やお金を与えたり、子供に読み書きを教えて、病人を看病して薬代を払ってあげて、ゴッホ自身は汚い小屋のわらの上で寝ていたんだって」

私の一言一句に耳を澄ましていた彼は、ふと顔を上げる。その顔にあまり変化はないものの、かすかに怪訝な色がにじんでいた。

「そんなに救いを求める人たちに献身的《けんしん》だったゴッホが、どうして伝道師を解任されたんだ？」

私は彼よりも先に読み進めていた文の続きを思い出し、一瞬だけためらってしまった。私も彼と同じことを思っていたから。

「……ゴッホの、誰かのためにっていう行動は認められても、伝道師っていう職業的には自分の身を滅ぼしてまで人のために尽くすっていうのが良くなかったみたい」

彼は静かに息を吐き出す。まったく理解できていない表情だった。

「優しさにやりすぎってあんのかな。むしろそこまでできるゴッホを俺はすごいと思うんだけどさ、それっておかしいのかな」

「私もすごいと思う。きっとふつうの人だったら、そこまでできないことなんだろうね。だから解任されちゃったのかな」

ゴッホが貧しい人々に対して行っていた行為は、伝道協会にとって行きすぎた慈悲《じひ》行為であり、伝道師としての最低限の体面《たいめん》や威厳《いげん》が損なわれるという判断らしい。でも本当は、人々がほかの伝道師にゴッホと同じような行為を求めるようになったら困るからなんじゃないかと思ってしまった。

「……うん」

わずかな沈黙が生まれる。私も、彼も、わからなかったのだ。

正しい判断も、誤った判断も、それは誰の基準で、どのようにして決断されるのか。

世間から見て、ゴッホは社会にとって何の役にも立たない人間だった。さまざまな職業を転々とし、何ひとつ成功しなかった。けれど、彼が選択した職業はどれも客や生徒、人々に対して『語りかけるもの』であった。


私は追いかけていた文の続きをゆっくりと唇を動かして、音にする。

「ゴッホは弟テオへの手紙に『俺だって何かの役に立つ人間だ。何の役に立てるのか。おれの内部には何かがある。いったい何なのか、それは』という思いを綴ってる」

ページをめくる。本をめくるとき、ぺら、という擬音で表現されることが多い。けれど、私にとってその音は、しゅわり、だ。紙と紙が指の下で、しゅわり、と炭酸が弾けるように重なり合う。そのまま、しゅっと新しいページに移る。この音はひらながだって私には決まっている。こんなこと、簡単に口にできないけど。

「ゴッホほど、人の役に立つことを望み、他人から理解されることを望み、それらを必要とした存在はない」

テーブルの木目を見下ろしていた彼の手が、開きっぱなしにされていた本にそっと触れる。ぱたん、と本を閉じると、そこから一拍遅れて彼が口を開いた。

「他人に理解されないから怒りが爆発して、人の役に立ちたいからどこまでも他人に優しく尽くす。一見、相反するものを抱えていたのがゴッホってことなのかな」

「そう、なんだろうね」

彼が落とした言葉は、すんなりと胸に舞い降りた。ふたりの前にそれぞれ置かれたカップはもうすでに空だ。

彼はあまり変化のない表情のまま、真剣に言う。

「人の役に立ちたいっていうのはさ、俺にとってはそれ以前に改善しなくちゃいけない問題が山積みだから、よくわからない」

私はかすかに首を縦に振る。そんな私の態度に彼は無反応だった。

「私もわからない」と声に出して改めて共感を表す。すると、彼は少しだけ気持ちを緩めるように眉尻《まゆじり》を下げた。彼には、きちんと言葉にしないと伝わらない。

「私も、人の役に立ちたいって思えないのは、自分に自信がないからだと思う。自分は役に立てるような人間じゃないって思っちゃうから」

ついいつもの癖で、自虐《じぎゃく》とセットの笑顔を浮かべてしまう。笑えば私の言葉は冗談に化けて、みんなの笑いの材料になるから。

だけど、笑顔の私に対して、彼の表情は硬くなった。そんな彼の変化に、身体が固まる。

見抜かれた、そんな気持ちが先行した。

「笑って言いたい話なの？」

純粋にそう訊ねてきた彼の心臓のあたりは〝黒く〟ない。冗談でも、見せしめでもなく、彼は私の言動と心の不一致に、疑問を呈《てい》したのだ。

彼の言葉はいつも、あまりにも真っ直ぐで、当たり前のように核心《かくしん》を突いてくる。

何も言えずに笑顔のまま固まってしまった私の異変に、彼が気がついたのはだいぶ遅かった。

「あっ」と戸惑いを孕んだ声とともに、彼の表情が曇る。

「……いま、俺、間違えたんだ。人を傷つけないようにって努力してるつもりなのにさ、いっつもこうなる」

掠《かす》れた声の終わりに彼は「ごめん」と謝った。私は必死で首を横に振る。

「笑って言う癖がついちゃったの。誰かに本当の気持ちを言って、ばかにされたりけなされたりするのが怖くて……」

私は正面の彼に向かって、ちゃんと気持ちを伝える。

「きみが私の言葉をばかにしたりしないってことはちゃんとわかってる。次からはきみの前で誤魔化《ごまか》したりしないように頑張る。だから、ありがとう」

自責するように眉間にシワを寄せた彼が顔を上げる。私の言葉を、呑み込み切れていないようだ。

「なんでお礼言ったの。俺、傷つけたのに」

私は答えを探るように意識を内側に向ける。

「……きみが気づいてくれたから。本当は笑いたくない私のこと。無理して笑うのって、すごく疲れるから」

言葉にして、初めて気がつく自分の心の内側。もう一度、彼に「ありがとう」と言った私の口元は自然と上がっていた。

しばらく黙っていた彼も、硬い表情をかすかに緩めた。そんな彼の姿に安堵していれば、視界の隅でこちらに向かってくる人物に目が行く。

「勉強は順調？」

私たちに声をかけたのは店長だった。「はい」とうなずく私に対して、彼は「ゴッホが画家になる前まではわかりました」と律義《りちぎ》に質問に答える。

店長は「ほうほう」なんて言いながら、「それでは店長からのご褒美《ほうび》です」なんて微笑んで、空になったカップにティーポットで紅茶を注いでくれる。

「すみません、ありがとうございます」と恐縮する私に微笑み返した店長は、彼の本を覗き込み、そのまま活字を読み上げていく。

「伝道師養成学校時代の同級生の思い出によると、ゴッホは教師陣や友人に対して決して友好的ではなかった。ゴッホをからかう同級生を激昂《げっこう》のあまり殴った――まるでヤンキーだな」

店長はけらけらと笑いながら、少しだけ心配そうに彼を見下ろす。

「ゴッホと自分が重なるか?」

静かな店長の声に、彼は迷うことなくうなずいた。何も知らない私は、ふたりを見つめることしかできない。

店長は空気を変えるためにころりと表情を和らげ、「俺も高校のときに友達と喧嘩してよ。飛び蹴り失敗して骨折したんだ。おそろいだな」と笑いながら、さっさとカウンターに戻ってしまった。

私は聞くに聞けず、黙って紅茶を口にする。ちり、と舌に熱さが飛び移ってすぐにカップから口を離す。彼が急に話しだしたのはその直後だった。

「俺が小学生のとき、クラスで変な遊びが流行ってたらしい。ターゲットはころころ変わるみたいなんだけど、そいつの私物を片っ端からどっかに隠すみたいなことをやっててさ。俺は周りから変人だって距離置かれてたから、その遊びからは疎外《そがい》されてたんだけど、あるとき、俺の机の中にターゲットにされたやつの教科書が入っててさ、俺、ノリとか全然わかんないから、そいつに返そうとしたんだよ。そしたら大ブーイング食らって、俺が持ってたそいつの教科書をさ、誰かが奪ってゴミ箱に投げ入れたんだ。俺、そのとき、どうしようもなくカッとして、ゴミ箱に捨てたやつ思い切り突き飛ばした」

熱い紅茶は心臓にまでは届いていないのに、ちりちり、と火傷《やけど》のような痛みが走る。

ターゲット、ノリ、ブーイング。

彼が小学生のときに体験した出来事は、数年経った現在でも当たり前のように存在している。悲しいことに、人の心はその方面で成長していない。

彼は淡々とした表情のまま続ける。

「結局、学校から呼び出し食らって俺も親も怒られた。『みんなはただ遊んでただけだ』って、『それなのにあいつが急にキレて、友達に手を出した』って、そういうふうにクラスの子たちは言ってますって担任に言われて、親はひたすら謝ってた。……俺は、周りのノリとかそういうのが全然わからなくてさ、いつも俺ひとりがおかしいんだ」

考えるよりも先に、「ちがうよ」と言葉が出ていた。

彼の話を聞いて思い出すのは、教室で背中をうんと丸めて小さくなっていた男子生徒。長谷くんにとって優しい人だって思えるのは、きっと彼のような人だ。

驚いたように彼が私を見る。私はそんな彼に構わず、思いのまま唇を動かす。

「遊びだった、とか、ノリだった、とか、そんなのはただの言い訳で、誰かが嫌な思いしてるのを見ないふりしてるだけだよ。だから、きみはおかしくなんてない。そんなノリ、わからなくていいと思う……むしろ、わかってほしくない」

ちりちり、と、心臓の奥が痛む。私は、そのノリに流された人間だ。

あんなノリ、わかるべきじゃないって。そう思っているのに、私は誰かを傷つける方を選んだ。

「――ありがとう」

彼がはっきりと、私に言った。無意識のうちにうつむいていた私が顔を上げると、彼は一生懸命、少しだけ私の目を見て。それからすぐにそらした。

彼も、ゴッホも、本当に人の痛みをわかっているんだ。だからきっと、怒りに耐えられないんだ。

「……私はお礼を言われるような人間じゃないよ」

掠れた呟きは、喫茶店の明るい扉のチャイムにかき消された。

それはまだ、私も周りも、ふつうよりも〝いちばん〟に憧れているときのことだ。

足がいちばん速い子、絵がいちばん上手な子、先生にいちばん褒められている子、異性からいちばんかわいいと言われている子。いちばんを持っている子が人気だってことを知っている。

私は別に足が速いわけでも、絵が上手なわけでもない。

でも、私には〝黒〟が見える。

みんなに〝黒〟の話をしてもキョトンとされるだけだった。けれどこれは、きっと神様が嘘吐きを世の中からなくすために私だけにくれたものなんだ。そう信じていた。

そんなある日のことだった。たぶん、もうすぐ夏休みだってはしゃいでいたから七月だったと思う。

友達の唯香《ゆいか》ちゃんがランドセルに新しいキーホルダーを付けてきたのだ。それは当時流行っていた育成ゲームでいちばん人気のキャラクターのものだった。

「かわいいー！」

私の言葉に唯香ちゃんは嬉しそうに笑みを浮かべる。登校の時間は終わったのに、未だにランドセルを後ろのロッカーにしまわない唯香ちゃん。彼女自身もすごくお気に入りのキーホルダーなんだろうな、と私も思った。

「これね、こないだママとパパとトウキョウに行ったときに買ったの」

「いいなあ」

「トウキョウのお店にしかないゲンテイなんだって！」

唯香ちゃんの言う『東京』も『限定』も具体的に何がすごいのかはわからなかった。

でも、わからないからこそ、なんだかそれらはものすごい存在のようにも思えた。

「唯香ちゃんのキーホルダーかわいい」

そんなことを言いながら教室中のみんなが唯香ちゃんの元にやってくる。普段唯香ちゃんは、人見知りもあってクラスの中心になることはない。たくさんの人に囲まれて笑う唯香ちゃんは、特別嬉しそうな顔をしていた。

「あ、実憂《みゆ》もこれ持ってるー！」

ひときわ大きな声でそう言ったのは、クラスでいちばんかわいいと言われている実憂ちゃんだった。手の込んだ編み込みの施された髪に、ピンク色のワンピース。いつもおしゃれで目が大きい実憂ちゃんは、どんなときもクラスの真ん中だ。

だけど、そんな実憂ちゃんの言葉にめずらしく唯香ちゃんが噛みついた。

「でもこれ、トウキョウのお店にしかないゲンテイなんだよ！」

唯香ちゃんの言葉に「うん。知ってるよ」けろっとそう返事をした実憂ちゃん。

「実憂ちゃんも持ってるんだ」「すごーい」なんて飛び交う会話の中、私の目には、実憂ちゃんの胸元の〝黒〟がはっきりと目に映っていた。

そして事件が起きたのは、帰りの会が始まる前のことだった。

「ない！　キーホルダーがない！」

唯香ちゃんが自分のロッカーの前でランドセルを抱えたまま、そう叫んだ。みんながざわざわと騒ぎ始める。「でもお昼休みはあったよね」「給食のときも見たよ」と、そんな声が飛び交う。

先生がやってきて事情を聞くと、すぐにみんな自分の身の回りを探し始めた。「ないよー」「ありませーん」という声が先生に向かって飛んでいく。そんなとき、「ないでーす」と言った実憂ちゃんの胸のあたりに〝黒〟が見えた。

結局、どんなに探しても唯香ちゃんのキーホルダーは見つからない。とうとう唯香ちゃんが泣きだしてしまい、教室の空気は重たかった。

「唯香ちゃん、持ってこなければよかったのに」

実憂ちゃんがそう言った。すると、早く帰りたいという思いと、クラスの人気者の実憂ちゃんがそう言うならという気持ちが相まって、みんなも「そうだよ」と今度は涙を流す唯香ちゃんを責め始めた。

私の持ってる、〝いちばん〟。これで、唯香ちゃんを助けられるなら――。

「実憂ちゃんでしょ。唯香ちゃんのキーホルダー盗ったの」

私の言葉に教室は静まり返り、実憂ちゃんの顔は真っ青になる。ぎゅっと何かを隠すように実憂ちゃんがワンピースのポケットを握りしめた。

「実憂じゃないよ！　なんで実憂なの!?」

すぐに認めると思っていた私は、実憂ちゃんが歯向かってきたことに驚いてしまう。

それでも、そう言った彼女の胸のあたりが〝真っ黒〟に渦巻いていくのが見える。

「実憂ちゃんじゃん！」

「なんで？　実憂が盗ったってショウコは？」

実憂ちゃんの〝黒〟は激しく渦を巻き、どんどん大きくなっていく。それこそが何よりのショウコだ。そう思って私は実憂ちゃんに向かって堂々と言い放つ。

「だって、実憂ちゃん〝黒く〟なってるもん！」

　これが、私のいちばんではなく、異端者《いたんしゃ》のはじまりだった。

〝黒〟なんて誰にも見えない。だからどんなに人の嘘を見抜いたって、それを誰かに証明することもできない。見抜かれた本人がその嘘を吐き通せば、嘘吐きは私になる。

結局、キーホルダーの件については、担任の先生と大人たちが穏便《おんびん》に解決させた。

確かに犯人は実憂ちゃんだったけれど、それは私たち生徒の耳にまでは入らなかった。

私がその事実を知ったのも、中学生になってから何かの拍子に親が教えてくれたからだった。

　それからというもの、実憂ちゃんを筆頭に、私はみんなから『嘘吐き』『ヘンジン』『気持ち悪い』『悪いやつ』として扱われるようになった。

　親も、先生も、友達も、関係なかった。〝黒〟が見えない人にとって、私は変な子だった。ふつうじゃない人間だった。

〝黒〟が見えること、それは私にとって苦しいことでしかない。

また、みんなから変なレッテルを貼られてしまわないように、私は〝ふつう〟になりたい。

あれからずっと、そんなことばかり考えて日々を過ごしている。

第四話

昨日、教室に出来上がった雰囲気は、そう簡単に薄れるものではなかった。

授業中、静かな教室に誰かのスマホが鳴る。

「誰だ？　授業中はスマホ禁止だろ」

黒板に向かっていた先生が不機嫌そうに言う。すると、教室後方に座る男子がにやにやと笑顔を浮かべたまま口を開く。

「長谷くんだと思いまーす」

それに続くように、みんなはくすくすと笑い、口をそろえるように便乗する。

「昼休みに自分が大好きな音楽を爆音でかけちゃうような長谷くんだと思います」

「うちら迷惑してまーす」

「先生、早く長谷のスマホ没収《ぼっしゅう》してよ」

窓際の席に座る長谷くんは背中を丸めて、教室に飛び交う自分への攻撃に必死で抗《あらが》っている。

何も反応しない彼が気に食わないのか、さらに過激になる言葉や雰囲気。けれど、そのどれにも笑いが含まれていて、冗談だ、と言ってしまえばすべてなかったことになってしまうような恐ろしさを纏っていた。

負の感情は強い。これだけの人数が負の連鎖《れんさ》を生み出し、攻撃性を伴い、不快な感情の捌《は》け口を見つけてしまえば、あとはその流れに乗っかるだけだ。

そこで大切なのは、正義でも優しさでも道徳でもない。

流れに逆らわない、協調と同調だけ。

「長谷、お前のスマホが鳴ったのか？」

先生の問いかけに、長谷くんは本当に小さく首を振り否定する。

みんなから注がれるブーイング。みんなにとってはただの遊び、冗談。

きっとこれと酷似《こくじ》した状況のなかで、彼は、行動を起こせる人なんだ。

私は……、何もできない。

期末試験のすべての答案が返却され、今日から本格的に短縮日課へと切り替わった。

午後十二時には学校が終わり、「お昼ファミレス行こうよ」という誘いを断ることもできずに、みんなと一緒にファミレスに向かう。

私は未だに長谷くんのうんと丸まった背中が忘れられなくて、彼の悲しみに連動するように私の心の中もじくじくと腐りながら萎《しぼ》んでいた。

同じテーブルでそれぞれのご飯を食べるみんなは、いつもと変わらずお腹を抱えて笑いながら話に花を咲かせている。

私は上手く、笑えない。そんな自分が、おかしいのだろうか。きっと、そうなんだ。

そんな思いを抱えながら必死で上げた口角はあまりにもぎこちなくて。

結局、バイトがある子たちに合わせて解散するまでの間に、私は一度もきちんと笑顔をつくることができなかった。

みんなと別れてひとり新宿駅に向かうために歩きだした、そのとき。

「向葵、ちょっと本屋さん付き合ってくれない？」

ぽん、と私の肩を後ろから叩いたのは夏美だった。私は夏美だけだとわかると、やっと小さく笑みが浮かぶ。

「いいよ。何か買いたい本でもあるの？」

「うん。オルテガの『大衆の反逆』って本。知ってる？」

隣を歩いていた夏美が微笑みながら私に向かって首を傾げた。私は左右に首を振りながら「知らない」と夏美の目を見つめ返した。

「なんか、難しそうな本だね」

「そうなんだよねえ。それなのに買おうとしてるんだよねえ」

私の言葉に激しく同意しながら、大げさにうなずく夏美に笑ってしまう。声を出して笑う私に、夏美は目を細めた。

「よかった」

夏美の言葉に、今度は私が首を傾げる番だった。「え？」と笑顔の形を残したままそう言った私に、夏美は何でもないことのように続ける。

「なんか向葵、元気なさそうだったから」

その言葉に、私は驚く。それから、すぐに喉の奥に何かがつっかえるような温かいものが込み上げてきた。

「ありがとう」

「お礼は、一緒に本探してくれればいいよ」

夏美は白い歯を見せて、にかっと笑った。

「現代国語、二年D組二十八番、堀田《ほった》向葵、九十六点」

彼が私のテストの中身を読み上げた。クラスのみんなに現国の点数を話題にされるのが嫌で鞄の奥に押し込んだそれが、ゴッホの本に挟まって鞄から一緒に出てきてしまったのだ。

私が鞄の中の目薬を探している間に、くしゃくしゃになった答案用紙を彼が広げて見てしまったのだ。

「すごいな」と彼が感嘆したように呟いた。それから不意に私へと顔を向けると、困ったように片方の口端だけを小さく上げた。

「小学生んときの国語の文節を習う授業でさ、文節の切れ目に〝ね〟を使えばわかるってやつ、向葵は知ってる?」

なんでもないように『向葵』と呼ばれたことに驚いて、私はワンテンポ遅れてから三回もうなずいてしまった。

きっと彼が言っていたのは『私は家で絵を描く』という文章があったら『私はね、家でね、絵をね、描くね』と〝ね〟を入れても違和感のない文章にできれば、文節が合ってるというものだ。

「俺、それを習ったときの担任にさ、『お前はいつも語尾に「ね」を使えば友達を泣かせる回数も減らせるんじゃないか』って笑いながら言われてさ、今はその名残なのか〝さ〟ってよく付けちゃうんだ」

言われて初めて気がつく。確かに彼は初めて会ったときから、語尾を「さ」で切ることが多かった。無意識なのか、意図的なのかはわからなかったけれど、彼の口調の裏にそんな背景があったことを私は知らなかった。

彼はテーブルの木目を見下ろしたまま、再び口を開いた。

「国語は昔から嫌いだった、道徳も。心情を読み取れとか、筆者の気持ちとか、自分でも不思議なくらいわかんなくてさ、俺にとっては目に見える文章だけが事実として横たわっているようにしか見えないから」

私は周りからどんなふうに思われるのかが怖くて、素直な気持ちを外に出すことができない。

だから、彼が「嫌い」となんのためらいもなく吐き出せることが私にはたまらなくうらやましく思えたし、彼の素晴らしい長所だと思えた。でもきっと彼はそれで苦しんでいるのだ。

彼が私のテストをもう一度眺めてから、ふと顔を上げ私を見つめる。

「だから現国ができる向葵を、すごいと思う」

そう紡いだ彼はほんの少しだけ口角を上げるとすぐに瞳をそらした。誰かをこんなにも純粋にすごいと言える人を久しぶりに見た気がする。

「俺は声のニュアンスとか身振り手振りとか言い回しとかで、その人の気持ちを察するってことができないから、周りも俺を理解しようとしてくれなかったけど」

差し出されたテストを受け取りながら、私は彼を真似るように自分の答案に目を通した。

国語や道徳は昔から得意だった。文章を一度読めば、求められている答えはすぐにわかった。そういえば小学生の授業で習っていた国語や道徳の文章の多くは〝優しさ〟だったり〝思いやり〟をテーマにしていたものばかりだった気がする。

「向葵は俺なんかの気持ちも汲《く》もうとしてくれる優しいやつだから、こんなにできるんだろうなと思う」

自分で書き込んだ答えが気持ちとともに歪んでいく。

私は、ちっとも優しいやつなんかじゃない。

「……いくらテストで良い点を取ったって、私は何も学べてないよ」

こらえていた気持ちが、言葉にしたとたん身体の奥から溢れ出した。両手で答案をぐしゃぐしゃにしているときに思い出すのは、昨日と今日の出来事。

あの場面で、ふつうの人だったら一緒になって笑うべきなのかな。

一生懸命、そう自分に言い聞かせるたびに苦しくて、泣きそうになってしまった。

でも、国語も道徳もできない彼は、できないなりにそれでも人を傷つけないように頑張ろうとしていて、そんな彼が今日出逢った誰よりも優しいんだと気がついた。

彼のような人もいる中で、逆に国語や道徳ができて人の気持ちもわかる人が、わかったうえで、確実に誰かが傷つくのを見透かしたうえで、傷つけてることだってある。

昨日からずっとこらえてきたものが瞳からこぼれ落ちた。

ぶわり、と視界がにじんで、まばたきをする前にしょっぱくて熱い雫がテーブルの上に落ちる。ぽた、ぽた、と茶色の木目の上に落ちたそれは半円の形のままその場に留まる。

「私はちっともすごくなんてない」

国語ができたって、道徳ができたって、人の気持ちがわかったって、誰も救えない。

彼は周りと合わせられなくたって、本当の意味で優しい人なんだ。

ゴッホだってそうだ。私は、彼らと同じふつうじゃない部類の人間のなかでも最もひどいやつだ。

急に泣きだした私を、彼は戸惑った瞳で見つめている。私は泣きながら小さく口を開けた。

「小学生のときの通信簿とかテストの点数とか、そのためにものすごく頑張ってたはずなのに、いまとなっては全然覚えてなくて。でも、小学二年生のとき、自由帳に描いた猫の絵をクラスの子がきらきらした笑顔で褒めてくれたこととか、中学生のとき、駅に落とした定期を走って届けてくれたスーツを着た男の人のこととかはいつも、いつまでも、ずっと覚えてる」

夏の入り口に差しかかった日差しが窓越しに私たちを照らす。

本当にすごいのは、今、私の前にいる彼だ。

「私にとってきみだって同じだよ。学校に行けなくて美術館に逃げた私を、きみが話を聞いてくれて、くたびれてるんだって教えてくれて、だから私は、また学校に行けた。だから、上手く言えないけど、国語ができるとか、道徳ができるとか、そんなんじゃ人の優しさって測れないと思う」

早口に、途切れ途切れでそう言い切って、涙の粒を再び拭う。

私は人の〝黒〟が見えるから、それに合った言葉ばかりかけていた。その方が間違いないし、相手が自分を受け入れてくれるから。

でもそれは国語の解答と一緒で、こう書いておけば、こう言っておけば点数をもらえるということを知っているだけだ。

私がこうしたい。相手にこうしてあげたい。そんな感情まかせで口を開いたのは、彼が初めてに等しい。

「優しさって受け取った人が相手に対して感じるものだし、それは逆に言えば、相手に届けられない優しさなんて本当の優しさとは言えないと思う」

私がいくら長谷くんに対して何か思ったって、私は何ひとつ長谷くんを救うための行動を起こせていない。私が心の中でどんなに思ったってそれは誰にも届かない。それこそ、エゴだ。

「勉強を頑張ることと同じくらい、私は優しさの使い方を学ばなくちゃいけなかった」

彼は優しい。屈折《くっせつ》した優しさではなく、不器用だけど真っ直ぐな、真っ当な優しさを持っている。

私にはない、優しさだ。

私はただ、いまさらこうして胸を痛めて、涙を拭うことしかできない。

この手のひらは何のためにあるのか。自分の意思で、自分のためだけにしか動かすことのできないこの手のひらが、情けなくて、惨《みじ》めで、あまりにも不甲斐《ふがい》なかった。

私は誰かに優しくすることよりも、自分の身を守ることばかりだ。

正直もう、〝黒〟のせいで、周りからあんな恐ろしい目を向けられるのは嫌だった。でも、だからってそのために苦しんでいる誰かを見捨てるのは、言い訳以外の何ものでもない。

涙でにじんだ視界の先で、彼が私を見ているのがわかる。

「……明日、十二時に、ここに集合しよう」

いきなり告げられた約束に、私は涙を流しながら洟《はな》をすることしかできなかった。涙を拭った先、彼の瞳は真っ直ぐと私に向けられていた。力強いその目は、吸い込まれてしまいそうなほどに眩しく、熱い。私がうなずいたのを確認すると、彼はわずかに表情を緩めて視線をそらした。

土曜日の新宿は平日に増して人が多かった。制服姿の子たちが減る分、私服の若者や家族連れが増える。昼間の太陽は青い空のなかで爛々《らんらん》と輝き、湿度の高い地上に熱を降り注ぐ。

電車の中の冷房から弾き出された身体は、とたんに暑さでぐったりとしてしまう。制服が汗で肌に張りつく感覚はない代わりに、Tシャツのデザインであらわになった二の腕が、日差しの強さにじりじりと焼けるような痛みを感じる。

なるべく日陰に避難しながら喫茶店まで向かうと、彼はもうすでに待っていた。お店には入らずにらせん階段の脇でスマホを見ていた彼に声をかける。

「ごめんね、お待たせしました」

「うん。行こう」

彼は待ち合わせの些細なやりとりをしない。だからといって怒っているわけでも、相手に対して何かを求めているわけでもない。いろんな意味を含めて嘘を吐けない人なんだろうなと思った。

ふたりで横に並び、歩き始める。

「どこに行くの？」

「新宿駅。待ち合わせもそこにしようと思ったんだけどさ、人混みに長時間耐えられないし、大きな声とかいろんな音が重なる場所が無理なんだ」

「そっか。私は、新宿駅の中だと迷っちゃうから、ここで良かった」

今日の彼は黒いキャップを被っている。前に美術館を出るときも強い日差しがダメだと言っていた。少しだけ瞳を細めて、無表情で歩く隣の彼の顔を見上げる。

シャープな輪郭《りんかく》に、目尻がキュッと締まっていて、そこに淡々とした表情が相まって涼し気な印象を与える。

新宿駅に向かう途中で、タピオカドリンク屋さんの行列の横を通る。そのときも、そこに並ぶ若い女の子たちがときおり、隣の彼に視線を向けるのがわかった。

彼がちらり、とタピオカドリンク屋さんの行列に視線を走らせたので、なんとなく訊ねてみる。

「タピオカは好き？」

私の問いに彼は「嫌い。液体から急に口の中に個体が入ってくるのが気持ち悪い」と言い切る。私は「そっか」と曖昧に笑うだけ。私はどちらかと言えば好きな方だし、嫌いと言われてしまったので話を広げようがない。

でも彼に悪気がないことは、最近は彼の心臓のあたりをいちいち確認しなくてもわかるようになった。だから、変に頭を真っ白にしてどうしようと焦ることもない。

「向葵はタピオカの原料がなんだか知ってる？」

「ううん。知らない」と答えた私に、彼はものすごい早口で淀《よど》みなく説明を始めた。

「タピオカはさ、熱帯地域に生育するキャッサバっていう芋《いも》の根茎《こんけい》からつくったデンプンなんだよ。ちなみキャッサバには『シアン化合物』っていう有毒な成分が含まれていて、食用のために毒抜きされてる」

「毒!?」

「そう、毒。まあ、日本に輸入されてくるキャッサバはちゃんと毒抜き処理がされてるから大丈夫だろうけどさ。それよりもデンプンは炭水化物だから普通に高カロリーだし、栄養素がそんなあるわけじゃないから、ダイエットって常に言ってる女子たちが、なんであんなに並んでまで飲むのかがわからない」

今は行列の横を歩いているというのに、彼の声は通常通りだ。彼にとっては素朴な疑問なんだろうけど、でもそれは多くの女の子を敵に回す発言だ。

私は「よくそんなこと知ってるね」と言いながらさりげなく歩みを速めた。彼は当たり前のように「前にネットで読んだから」と言う。

「ずっと覚えてられるの？」

「うん。それに加えて人とのコミュニケーションってなるとさ、一日が終わって家に帰る頃には頭がパンクしそうで痛い」

「じゃあ、初めて会ったときも、ゴッホの年表暗記してたってことだよね」

「うん。いまも、思い出せば言える」

私は「そうなんだ」と呟いて、ちらりと彼を盗み見た。

確かに彼は小学生の頃の話をするときも、まるで今日あった出来事のように細やかに説明していた。彼にとってはどんなことでも情報として頭の中に残ってしまうから疲れてしまうのだろうか。

そんなことを思っている間に新宿駅に着き、改札を抜けて五分置きにやってくる電車に乗る。

それからは彼に言われるがまま電車を二回乗り継ぎ、最終目的地である滑河駅《なめがわ》という場所にたどり着いた。そのときには待ち合わせから二時間ほど経っていた。

新宿駅と比べると人もホームの数も、圧倒的に少ない。とても長閑《のどか》な場所だった。滑河駅は千葉県成田《なりた》市というところにあり、成田と聞いて思い浮かぶのは、成田空港やお正月や節分で名前は聞いたことがある成田山新勝寺《なりたさんしんしょうじ》ぐらいで、それ以外は何も知らない。

どうしてこんなところに、と頭の上に疑問符が浮かぶ私に対して、彼はさっさと歩き始める。

「十四時発の無料バスに乗る」

私が初めてやってきた土地の空気を吸い込んでいる間に、彼の言った通りすぐにバスがやってきた。乗ったバスは五分ほどで目的の場所にたどり着いた。

広々としたそこは、牧場という名前のついた施設だった。子供連れの家族たちと一緒に並び入場料を払い、中に入る。

「すごい」

ひとつもビルがないそこは、何にもさえぎられることのない空がどこまでも広がっている。緑の隙間から吹き抜けてくる夏の風はほんのりと涼しくて、思わず笑みがこぼれた。自然が当たり前のように溢れている空間。ほんの数時間前まで人混みの中を歩いていたのにと、どこか不思議な気分だった。

牛やヤギ、羊、うさぎなどの小動物、いろんな動物と触れ合うコーナーのほかにも、芝滑《しばすべ》りができる丘やアスレチックがある。休日のそこは、子供の楽しそうな姿を幸せそうに見守る暖かな家族の姿があった。

そんな様子を眺めながらも、どうして彼がここに私を連れてきてくれたのかがわからなかった。彼に案内されるまま後をついていき、たどり着いたのは――。

「……うわあ、」

――ひまわり畑だった。

数え切れないほどの向日葵がその空間いっぱいに咲き誇っている。

「行こう」

「うん」

彼と一緒にひまわり畑に足を踏み入れる。

青い空に雲が、ぽつり、ぽつり、とだけ浮かんでいる。太陽が空高くで光り輝いている。地上の向日葵たちはみな同じ方向を向いて、濃い黄色の花びらを夢中で咲かせていた。

夏、といえどもまだ入口だ。向日葵はこんなに早く咲くものなのだろうか。

「すごいね。こんなに咲いてるものなんだね。向日葵は八月ってイメージが勝手にあったから、びっくりした」

ゆっくりと歩きながらそう言う私に、彼は向日葵を眺めたまま口を開く。

「ここにはこれと同じようなひまわり畑が八つあって、全部種を蒔《ま》く時期を変えてるらしい。だから、ここがきっといちばん早い向日葵。この時期に向日葵が咲いてる場所って調べたらここぐらいしか見つからなかったんだ」

私は思わず、隣の彼へと視線を移した。彼の表情に変化はなく、心情を察することは難しい。

私は、静かに聞く。

「わざわざ調べてくれたの？　どうして？」

さわさわ、と風に揺れた緑と黄色がその色と香りも含ませたまま、私たちの間をすり抜けた。降り注ぐ太陽は熱いほどに真っ直ぐと私たちの元へやってくる。

彼が、少しだけためらいを孕んだのちに、小さな声を吐き出した。

「向葵が昨日、泣いてたから」

「え？」

迷いがにじむその茶色の瞳はキャップのつばに陰を作られ、太陽の光を直接浴びることはない。まばたきを繰り返すその瞳の縁を飾る睫毛の黒が、彼の瞳に凛とした静けさを見せる。

その瞳は、私の表情から必死に何かを読み取ろうと、ゆらゆらと燃ゆるように離れない。いつもはすぐにそれてしまうのに。

しばらくそのままだった。けれど、ふ、と火が吹き消されたように、彼の瞳が私から離れた。その表情は苦虫《にがむし》を噛み潰したようで、下がった眉が彼らしさを奪い取っていた。

「俺は気の利くことなんて言えないしさ、口を開くと逆に向葵を傷つけると思ったから」

彼のわずかに掠れた語尾が私の鼓膜《こまく》をくすぐった。続きを紡ごうとすぐに口を開いた彼が、唇の動きを止めた。それでも私はただ静かに、彼の次の言葉を待つことしかできない。

「お世辞とかさ、空気を読むなんてできないし、嘘も吐けないから相手のためになるような〝優しい嘘〟も俺の頭じゃ思い浮かばない」

彼の言葉に、私は今までの自分を思い出す。

相手の〝黒〟を見て、表情を窺って、相手の気持ちに先回りして。そうやって相手にとっても自分にとっても都合の良い言葉を選んできた。

彼がそれを『優しい嘘』だと呼んでくれたとしても、私にとって嘘は嘘にしかすぎないと、彼の言葉を聞いて実感してしまった。

彼の心に触れるたびに、周りと同じ人になるためにつくり続けてきた自分が、どんどんそこから離れていることに気がつく。

だからといって、当たり前がいったいどういうものなのか、人として欠けている私にはわからない。

小さな雲が太陽と地上の間を浮遊する。地上に雲と同じ形の陰が生まれ、一気に熱がそぎ落とされたように、頭のてっぺんから足先まで感じていた陽の光が陰に溶けた。

彼は私と目が合うと、あまりにも下手くそな笑みを浮かべた。

精一杯の、彼なりの、他人との共感と寄り添いを形にしようという笑顔だった。それがわかったのは、彼の胸に〝黒〟が見えなかったから。

「向葵が俺にくれた言葉が嬉しかった。だから、できないってわかってても、どうにかしたかった」

また、彼は私にはない優しさで私を救おうとしてくれる。誰かの言葉を少しも疑うことをせずに受け止められるなんてあまりにも久しぶりの感情で、私はつい彼のことを見つめてしまう。

彼からは一切の〝黒〟が見えない。そのことが私をひどく落ち着かせた。

風が吹くと、本当にかすかだけど、建物が軋《きし》む音がして、どこか遠くの木々が揺れて、私と彼の髪を揺らす。そんな当たり前のことが、なぜか彼とならとても居心地の良いものに感じられた。

私はうつむく。そのときに風でふわりと揺れたスカートの下に、隠れていた膝小僧《こぞう》がそっと姿を見せた。

肌色の皮膚に紛れて、わずかに浮き上がった小さな傷跡を眺めていたら、その記憶をたどる途中で、思わず口から言葉がこぼれ落ちていた。

「……小学生になる少し前くらいから、人の胸のあたりに〝黒〟が見えるようになったの」

この膝小僧の傷は幼稚園の頃につくったものだ。転んで痛くて、周りなんて気にせずに大泣きしたけれど、あの頃から〝黒〟が見えていたら、私は泣くことすらためっていたのだろうか。

〝黒〟について誰かに打ち明ける。そのことがいまさらながら怖くて、隣の彼を見ることができなかった。

「人が心にもないことを言ってるとき、心と言動が一致していないときに、その人の心臓のあたりに黒い何かが見えるようになったの。嘘を吐いてるとき、お世辞やうわべの言葉を言っているとき、〝黒〟が見える」

相手の心が見えることに気がついてから、私は相手の表情や言動よりも黒が見えるか否かを真っ先に気にするようになった。人は巧《たく》みな嘘を吐くけど、黒はいつだって正直だったから。

「最初はみんなにも同じものが見えているんだと思ってた。でも、何気なく口にした〝黒〟の話を理解してくれる人が誰もいないって気がついたときに、初めて自分がふつうじゃないことがわかった」

私の〝黒〟は、特別やいちばんとはイコールになれない、似て非なるもの。

雲は風に流されて、再び太陽の日差しが地上に降り注ぐ。二の腕が、じりじり、と暑さで痛くなる。

〝黒〟を受け入れようと拒否しようと、見えてしまうことに変わりはなくて、中学生のあたりからは〝黒〟を見ると気持ち悪くなったり、胃が痛くなったりした。

中学生は思春期や反抗期、多感な時期だ。いきなり降りかかってくる先輩後輩の上下関係に、部活、テストと、とたんに順位を付けられるようになる。

みんな心の中では特別を求めながらも、『出る杭《くい》は打たれる』ということを横並びの世界で思い知っている。自分の身を守るために嘘を吐き、平気で友達を傷つける子も当たり前のようにいる。

ときどき、理由はわからないけれど誰かの〝黒〟が私の感情にまで入ってくる感覚に襲われ倒れそうになることもあった。

〝黒〟が影を伝って、するすると音もなく私の中に入ってくるような感覚。自分の胸元を見ても、何もない。それでも、入り込んできたそれは、身体の内部にある心臓や胃を締めつけてくる。気持ち悪い。それしか思えなかった。

周りの人たちが小さな輪の中で、相手を友達と呼べるか疑心暗鬼《ぎしんあんき》して振り回し振り回されるのとはちがって、私は〝黒〟を見ているだけで知りたくないことまでたくさん目にしてしまうことになった。

それを上手く利用して、自分の立ち位置を安易にできることもあるのかもしれないけれど、私はそんなに器用な人間ではなかった。

膝小僧の傷がスカートに隠れて見えなくなる。痛みはもう微塵も感じないけれど、記憶の引き出しから飛び出してきた中学時代を思い起こすだけで、私の心はキシキシと痛み始める。

「人が隠したい〝黒〟なんて、私も見たくない。ふつうの人になれば、〝黒〟が見えなければ、もっと生きやすくなるのにっていつも思ってる」

自分の声を自分で聞いて、こんなことを初めて心の外側に吐き出したことに、改めてびっくりしてしまう。

それから、彼に変なふうに思われてしまったんじゃないかと焦る。その焦燥感が喉の奥まで迫り上げてきたところで、初めて彼の方へ顔を向けた。

彼はじっと向日葵を見つめていた。

その横顔はやはり表情が乏《とぼ》しくて、何を考えているのかわかりにくいけれど、それでも、私の話に拒絶を示す様子は見て取れなかった。

そのことにホッとしながら、私も彼と同じように向日葵を眺める。

向日葵は一つひとつが上を向いて、青空高くの太陽に向かって咲く。綺麗だと思う。力強くて、堂々としていて、温かい、そんな花だと思う。

「……前に、きみが自分の名前を嫌いって言ってたでしょ？」

隣の彼は「うん」とだけ返事をする。

私はたくさんの向日葵の中で太陽ではなく、地面を向いた向日葵を見つける。私に、似てる。

「私の名前、向葵の〝葵〟には太陽に向かって成長するっていう意味があるんだって。よく、『お天道様《てんとう》は見ている』って言うでしょ。だから、私の両親は太陽の下でもきちんと、誠実な人になってほしいっていう思いで、向葵って名前を付けたんだって。あとは両親が向日葵が好きだったから。そこから漢字をとって。でも〝こうき〟って男みたいな名前でよく間違われるし、聞こえ方も似てるから『空気』ってばかにされるし……私も自分の名前が嫌なんだ」

隣の彼が驚いたように、顔をこちらに向けた。それから「なんで」とだけ呟く。

私は誤魔化すように笑いそうになって、一瞬、固まる。

いま、笑いたいわけじゃない。心の奥の小さな声を受け入れるように、笑うことなく、口を開いた。

「親の願ったような子になれてないから。私はふつうじゃないし、空っぽだし、私なんかに太陽は眩しすぎて、こんな名前、似合わないって思う」

萎れた向日葵は、ちゃんと咲いていたときがあったのだろうか。私みたいに、生まれて、ふつうじゃない子に育って、咲き方もわからないまま、先に枯れてしまうような、そんな向日葵だったのだろうか。

少ししてから冷静さを取り戻した私は、隣の彼に笑いかけた。

「喉、乾いちゃった。飲み物買いに行ってもいい？」

彼はずっと重たい表情で、何かを真剣に考え込んでいた様子だった。けれど、私の言葉に「うん」とうなずいて、ふたりでひまわり畑を後にした。

そのあとも少しだけ施設内を回って、帰りのバスに乗って電車に乗り込む。

冷房の効いた車内の座席に座ったとたん、蓄積《ちくせき》された疲れがどっと身体の表面に押し寄せてきた。長い息を吐き出して、柔らかな背もたれに寄りかかると、今度は眠気がやってくる。

いつもよりもゆっくりとまばたきを繰り返す私に、隣に座る彼が言った。

「俺は初めて向葵の名前を見たとき、ぴったりだなと思ったよ」

「……え？」

微睡《まどろみ》の中で聞く彼の低い声は、すんなりと心の中に入ってくる。

彼は私の方を向くことなく、少しだけぎこちない声で問いかけてくる。

「あのさ……俺の〝黒〟はやっぱりふつうの人とはちがったりするの？」

私は眠たい瞳を無理やり持ち上げながら、首をゆっくりと横に振った。

「わかんない」

それから小さく笑う。

「だって、きみは嘘もお世辞もうわべも使わない、正直な人だから。きみの中に、〝黒〟はないんだと思う」

だから、私はきみと一緒にいるのが居心地好いんだ、という言葉は口から出ることはなかった。

眠りの世界へ入るその境目で薄っすらと覚えている記憶の中、なんだかきみが穏やかな笑みを浮かべているような気がした。

第五話

それは、週が明けて二日目の、火曜日の出来事だった。

夏美はめずらしく一限の途中からやってきた。夏美が来たとたんに教室は騒がしくなる。彼女はいつもクラスの中心だけど、今日のみんなの騒ぎはそのためではない。

『昨日の放課後、河村が夏美に告ったんだって』

朝のSHRの前からそんな噂で持ちきりだった。河村くんは根掘り葉掘り聞こうとしてくるクラスメイトに「うっせえよ」の一点張りで、こうなったら夏美に標的を絞るしかないとみんなの視線は夏美ひとりに注がれる形になったのだ。

遅刻してきた夏美はいつも通りの笑顔だった。それでも授業中にもかかわらず夏美に突っかかるクラスメイトの言動に、胸元は〝黒く〟疼《うず》いていた。

一限が終わったとたん、女子を中心にみんなが夏美の元に集まる。

男子は遠巻きに女子たちの様子を見ながら、河村をとっ捕まえて楽しんでいる。

「で！　付き合うの？」

クラスメイトの言葉に、夏美は「なんで知ってんの」と笑う。〝黒〟がぐるぐると回っている。

「そんなことはいいんだよ！　で？　で？　どうずんの？」

みんな興味津々だ。夏美は、一瞬だけ教室の隅で男子に捕まっている河村くんを気にかける。同じ空間にいるのに答えをみんなに言うのは、夏美はきっと嫌なはずだ。

夏美はわずかにためらったのちに、あははっと盛大に明るい笑顔を浮かべた。

「私、好きとかよくわかんないんだよね」

冗談っぽく、悪ふざけのように、明るい自虐《じぎゃく》のように落とされた夏美の言葉。でもそのとき、夏美の〝黒〟は見えなかった。

……いまのは、夏美の本音だ。

そう気がついたのは、教室という箱の中で、おそらく私だけだった。

夏美を囲むみんなは一瞬だけきょとんとしたけれど、すぐ夏美に釣られるように大きな声で笑い始めた。

「ねえちょっと、いま、そういう冗談いらないから！」

「本気で聞いてんのに、ばかにしないでよー」

なんて笑いながら怒るクラスメイト。

彼女たちの胸にも〝黒〟はない。夏美の言葉を冗談だと受け止めている証拠だった。

なんでだろう。どちらも、間違ってはいないんだ。どちらも本音を言ったのに、大きな食いちがいがこの場で生まれている。

夏美がおちゃらけたように笑いながら「ギャグと見せかけてのー？」なんて明るく笑いながら言う。

「え？　ちょっと待って、ガチ？　嘘でしょ？」

「え、ほんとに冗談やめて？　この年で好きとかわかんないとかマジで言ってんなら、ちょっと病気だかんね」

「夏美にしてはめずらしく笑えない冗談」

「わかる。夏美、なんか変だよ」

クラスメイトのうちのひとりが笑いながらも、ほんのわずかに疑心暗鬼をにじませるように〝黒〟を見せた。

そんな彼女たちに対して、夏美は笑顔を崩さないまま。

「ギャグに決まってんじゃーん」

そう、大きな声で言いながら目尻を垂らして心底楽しそうに笑った。それに反するように、夏美の心臓のあたりはどんどん〝黒〟が肥大していき、ブラックホールのように渦巻く力が強まる。

あまりにもかけ離れた表情と本心に、気がついたら私は「夏美」と声をかけていた。

輪の隅で空気になっていた私は一気にみんなから注目を集める。そのことに頭が真っ白になりながらも、必死で口を動かした。

「つっ、次の美術、遅刻しちゃうから、い、行かない？」

噛み噛みの私に突き刺さる、シラケたと言わんばかりのみんなの視線。私はその視線を浴びた瞬間、今すぐにでも時間を巻き戻してしまいたくなる。

でも、それでも夏美のあの〝黒〟は見ていられなかった。

「あ、そうじゃん、やば！　向葵ありがと！　早く行こう」

夏美は笑顔を崩すことなくさっと立ち上がり、私の手を引いて教室を飛び出した。

夏美の廊下を歩く速度がいつもよりもうんと遅かった。私は心配になりながらちらりと隣の様子を窺う。

「……ありがとね」

階段に入ったとたんそう言われて、私の思考はワンテンポ遅れてしまう。隣を見れば、夏美は笑うことなく真面目な表情だった。

私はそんな彼女に驚きながらも、首を横に振る。

階段を上りきり、角を曲がると廊下の先に美術室が見える。

何かを溜め込んだように立ち止まった夏美は、「ねえ」と私を呼び留めた。振り向くと、夏美はじっと力強い眼差《まなざ》しで私を見つめている。

「向葵はさ、私が好きとかそういう感情、本当によくわからないって言ったら、どう思う？」

そう言った夏美は、驚きで固まる私の表情を読み取ったように、へらっと笑った。

ああ、既視感《きしかん》。笑いたくもないのに、笑っちゃう癖。私と同じだ。

これを、彼に突っ込まれたんだっけ。私は視線が胸元に向かいそうになるのをこらえて、夏美の顔をじっと見つめる。

「それ、本当は笑って言いたい話なんかじゃ、ないんだよね？」

私の言葉に、夏美の瞳の奥が大きく揺れた。ゆらり、ぐらり、くしゃり、と夏美の顔に貼り付けられていた仮面が、瞳、口元、眉、頬、と順に剥《は》がれ落ちていく。

いま、私の目の前にいるのは、苦しそうに、泣きそうな顔をした夏美だけだった。

私も夏美の表情に釣られる。いつかの彼は、先ほどのセリフを『間違えた』と言ったけれど、それはちがうっていまなら私が証明できる。

「夏美が好きとかよくわかんないってことに対して、私がどう思うっていうよりも、まず先に私は夏美の気持ちを優先したいと思う」

夏美は湿った瞳を上へ向けてまばたきを何度も繰り返す。泣いてしまわないようにと必死で涙が落ちるのをこらえている顔だった。私は何も言わずに、そんな夏美の横を歩く。

夏美が、少しだけ息を吐き出す。それから困ったように笑みを浮かべながら呟いた。

「絶対って言っていいぐらい、みんな、恋愛の話したがるじゃん。自分の話だけじゃなくて、名前しか知らない子のこととか、ましてや芸能人のこととか……なんかさあ、ときどき思っちゃうんだよね。私たちってその話を必ずしなくちゃいけないルールでもあるの？って」

「うん」

夏美の横顔を見つめたまま、うなずく。夏美はそんな私をちらりと見ると、少しだけ安心したように表情を緩めた。

「小さい頃は『好きな子いる？』っていう話から、制服を着るようになると『彼氏いるの？　付き合ってる人は？　告られたの？』っていう話になって。きっと、年を重ねたら『結婚しないの？　良い人はいないの？』になってさ、なんか、そういう未来なんだろうなって思うと、たまにどうしようもなくうんざりする。どこまで付き纏ってくるんだろうって……人が抱えてるものも知らずに」

そう言った夏美の瞳が、暗く濁りに満ちた。それは、夏美が抱えている何かをかすかに吐露《とろ》した瞬間でもあった。

夏美に対して、背中を押せるような言葉も励ましも、何も見つからない。そんな私に向かって、夏美は目を細めて笑う。

「向葵とは、楽しいもの、美味しいと思ったもの、笑っちゃうようなこと、最近見た映画のこととか、好きなもので、ずっと笑って話ができるじゃん。私はそれがいちばん楽しいって思うんだよね。なんでもないことを一緒に笑って話せるのは、向葵だけなんだ」

反射的に「私もだよ！」と、前のめりでそう言った私に、夏美が目をぱちぱちさせて驚いた、かと思えば。

「そっか！」

と、思いっきり笑顔を浮かべた。それから私の肩をバシっと叩き「ありがとう！」と涙といろんなものが混ざった今までの中でいちばん変てこな笑顔を見せた。

「無理して笑わなくていいよ」と私が言えば、夏美は嬉しそうにはにかんだ。

「どうしても笑顔でお礼が言いたかったの」

そう言った夏美の胸のあたりに、もう〝黒〟は見えない。


喫茶店でいつものようにゴッホの本を読みながら彼を待つ。

今日はなんだかいつもより心が軽くて、そういう思いの先で浮かぶのは夏美の笑った顔と、「ありがとう」という言葉。それから彼が週末に連れて行ってくれた向日葵の景色と、彼が私にくれた本当の言葉だった。

緩みそうになる口元をきゅ、と結びながら、本を読み進めていく。


ゴッホは、さまざまな職をことごとく断念し、画家を目指すようになる。そんな彼を応援したのは画商である弟のテオであった。ゴッホは農民や風景の絵をテオに送り、彼から金銭的な援助も受けた。

この後も手ひどい大失恋や、周りの反対により同棲《どうせい》していた女性との別離を経験する。

三十一歳になっても、売れない絵を弟に送り続けるゴッホは、家族にとっては怠け者の失業者でしかなかった。父が亡くなった一八八五年、ゴッホはテオの援助を受けてアントワープに移り住む。しかし本格的に絵を学ぶべく、一八八六年三月、パリに住むテオのところに転がり込んだ。


めずらしく集中して本の世界に入り込んでいた。そのことに自分の小さな呼吸で気がつくと、顔を上げてアイスティーを飲む。

それからすぐに彼が厨房から出てきた。私を見つけると、真っ直ぐとやってくる。

そうして私が「おつかれ」と言うよりも先に口を開き、ものすごいスピードで話し始めた。

「人が色を見るためには物と眼以外にも光が必要で、つまり、光源《こうげん》・物体・視覚の三つの要素がそろうことによって、初めて眼から入った情報が脳に伝わって色を識別することができるんだってさ。視覚は物体に反射された光が、角膜《かくまく》や水晶体《すいしょうたい》を経由して網膜《もうまく》の視細胞《しさいぼう》に到達することで開始されて――」

早口でつらつらと並べられていく言葉。それらに私はまったく追いつけず戸惑ったまま彼を見上げることしかできない。彼が何をしたいのかもわからないし、何の話をしたいのかもわからない。

それでも真剣に話し続ける彼は、そんな私に気づかずに口を動かし続けている。

「それから光は波の性質を持っていて、人間が知覚できる波長《はちょう》範囲はおおむね四百から七百八十ナノメートルだとされているんだ。もしかしたら向葵はこの可視光《かしこう》の範囲が人とちがうのかな、いやでも、それよりも網膜での光の処理に何かあるのかな。眼に入った情報は網膜で神経信号《しんけいしんごう》に――」

何かの呪文《じゅもん》のように次から次へと紡がれる彼の言葉に、あたふたすることしかできない。

「あ、それか、光が物体に当たって反射や透過《とうか》されない光は吸収されるんだけどさ、人間は反射された光の色を物体の色として感じることができて、そのときに光がすべて吸収されると物体は黒く見えるんだ。分光反射率曲線《ぶんこうはんしゃりつきょくせん》から見ると、黒の場合だとさ、太陽光が物体にほぼ全部吸収されることから、すべての領域の波長がほとんどすべて吸収されていることになって、つまりその物体は黒に――」

「ま、待って」

このまま永遠に話し続けそうな彼をさすがに止める。

聞けば聞くほど話の方向がまったく掴めなくなるばかりで、彼から紡がれる難しそうな単語の数々に私はとうとう白旗《しろはた》を上げた。

いきなり話を止められた彼は気にした様子もない。不思議そうな顔で首を傾げ、私を見下ろしている。

「あの、何の話をしてるの？」

すると彼の方が私よりも驚いた顔をした。それから、すぐに失敗したと言わんばかりにその端整な顔を歪ませた。長い睫毛を伏せて、それが肌の上に影を落とす。

「あ……ごめん、俺いま、ひとりで勝手に喋り続けてた」

落ち込んだ表情を見て、私は慌てて弁解する。

「ちがうの。大切な話をしてくれてるのはわかってる。でもごめんね、私には何の話なのかどうしてもわからなくて」

もしかして理解できない私がおかしいのかな、とわずかに感じてしまってこんな励ますような形で口を開いた自分が恥ずかしくなる。それに伴って語尾が小さくなり、視線が下に落ちる。

その直後、不意にずしりと、私の頭の上に重みが乗った。私がその先を視線で捉えるのとほぼ同時に。

「向葵を謝らせたいわけじゃない。むしろ、ちょっとでも喜んでほしかったんだ」

そう、彼は言った。

「もしかして、わざわざ調べてくれたの？」

「うん」

私を喜ばせようとしていた彼の表情はいま、とても悲しそうだった。ふつうの人を目指そうとして、そうして自分自身に失望しているようだった。その姿は私と瓜《うり》二つだったからよく知っていた。

くしゃり、くしゃり、と彼が不器用な手つきでゆったりと私の頭を撫でる。それは子供をあやすために親がやっているのを見よう見まねで実践しているようだ。私は無意識に彼の手に私の手を重ねていた。

「あの、もう一回……、もう一回ゆっくり私に教えて」

緊張すると必ずどもってしまう癖は、いつから癖だと思ってしまうくらい繰り返すようになったのだろう。

それが嫌で、私はいつだって口を閉ざしてばかりだった。だけど、そんなんじゃ私の気持ちは彼に伝わらない。

彼の長い睫毛が揺れて、わずかだが驚いたように見開かれた目が私に注がれる。大きく息を吸い込んでから私は言う。

「きみが一生懸命調べてくれたことをちゃんと受け取りたい」

彼はめずらしく私の顔を見つめる。私の目や眉や鼻や口、そのすべてのパーツから何かを読み取ろうとするように、必死に私を見つめ続ける。そうして、彼が少しだけ嬉しそうに口角をわずかに持ち上げた。

「いまの向葵は、なんか、あの真ん中の三つめに背の高い正面向いたやつみたい」

「え？」

唐突な言葉に、素っ頓狂な声を出してしまう。彼は、自分のトートバッグの中からゴッホの本を取り出し、見開きの次のページを私に向けた。そこには、ゴッホの『ひまわり』の絵があった。

「いまはこれに似てる」

柔らかな声に、私はワンテンポ遅れてから顔を上げた。その先で見つけた彼は真っ直ぐと私を見つめ、目尻を垂らして微笑んでいた。

彼が確実に私に向けてその笑顔を見せてくれている。

そのことが、自分で思っているよりもどうやら嬉しかったらしく、照れくさかったらしく、頬に熱を溜め込んで顔をそらしたのは、私の方だった。

「昨日、向葵が〝黒〟の話をしてくれたとき、初めて、人のために自分ができることはないかって、心がかき立てられたんだ」

七月の青空は長い。まだ一日が終わるのには早い。太陽が出ているうちに、彼は新しい感情を呑み込もうとしていた。

淡々とした声をたどるように彼の顔を見る。その瞳の先は本に印刷された『ひまわり』にあったけれど、口元には笑みを携えていた。

ふつうじゃない私と彼は、隣同士だった。昨日までは。

「それで居ても立ってもいられなくなって自分なりにいろいろ調べて、その間ずっと向葵の顔が頭にあった。できたら笑った顔がいいなって思ったら、もっともっと調べようと思った。そしたらさ、誰かに何かをしてあげてるときってこういう瞬間なのかなって、気がついた」

彼は土の下で花を支える根っこがもともと優しい人だった。その根っこの優しさが陽の光を浴びるために茎を伝い、今はまだ蕾《つぼみ》のままの花に向かって流れ始めている。

「……私も頑張る」

この気持ちに嘘はない。ただ、私が一歩前へ進めたと思ったら、彼は五歩も十歩も前へ進んでいるような、そんな焦りを覚えた。

彼がどんどん前へ進む。それは喜ばしいことだ。でも、私も彼と一緒に前へ進まなければ、そのうち追いつけないほどに彼は前へ進んでいってしまう。だから、頑張らなければ。焦りを心の奥にねじ込みながら、固く誓った。

彼に私の焦りがばれてしまわぬように、私はゴッホの本を指さし、笑顔を浮かべる。

「ゴッホについても、頑張って調べなくちゃね」

「うん」

　そうして彼を待っている間に読み進めた分を、一緒にもう一度さらっていく。ゴッホがパリへ出てきたところまでで一時休憩に入ると、彼はアイスコーヒーを飲みながら私に問いかける。

「向葵は、〝黒〟について家族に話した？」

　私は首を斜めに傾けたまま言葉を返す。

「中学の頃体調を崩して早退したとき、親と喧嘩して、そのことについて本気で言葉をぶつけたんだけど、親にとってはそれよりも学校を早退したりすることの方が問題だったみたいで、流されちゃって。それからはもう言ってない」

　私はそのままアイスティーに手を伸ばし、茶色の液体をストローで吸い上げる。ミルクもガムシロップも入れていないそれは、ひらがなの〝の〟を舌の上に乗せているような味がする。

　彼は鎖骨《さこつ》のあたりに手を当てると、そのまま口を開く。

「ゴッホが家族にとって厄介者だったたって読んだときさ、まるで俺のことみたいだと思った。俺、いま、高校に行ってないんだ。世間では不登校っていう部類に俺は入ってる」

　なんとなくそうなんじゃないかとは思っていた。それでも、本人の口からこうもはっきりとその事実を告げられるとどんなふうに反応していいのかわからない。

彼は私に目を向けることなく、人差し指の腹でTシャツの襟《えり》を撫でながら続ける。

「高校に入ってからも俺は変人で、問題児だった。極力喋らないようにしてても、何かの拍子に俺が話すと、誰かが嫌な顔をしたり泣きそうになったりした。いつまで経っても人の顔と名前が一致しないしさ、行事でも協調性がないとか言われ続けた。体育の授業がサッカーだったとき、陽の光が嫌いだって言った俺をクラスの男子がばかにしながら俺の名前をあざ笑った。その後すぐに『どうやって育てたらお前みたいなやつが生まれるんだよ。やっぱ遺伝だろ。お前の親も相当頭がおかしいんだろ』って笑いながら言われた」

彼が、自分の鎖骨の上に乗せていた手をそっと持ち上げて胸の前で拳《こぶし》をつくった。

それから初めて悲しそうに瞳の奥を揺らした。

「そんで、気づいたらそいつをぶん殴ってた。馬乗りになってさ、何度もこの手で殴ったんだ」

ぎゅう、と握りしめた彼の拳は骨ばっていた。

「自分が悪く言われるのはさ、自分が周りにとって不快な存在だからだってわかってる。でも、親のことを言われるのは、たぶん嫌だったんだと思う」

その拳はごつごつしていて、独りよがりで、誰にも寄りつかず寂し気で、悲しさの果てになりえた凶器だった。

「結局、そいつんとこに親と謝りに行ったときに『人として終わってんな』とか『普通じゃないやつが俺たちの邪魔すんな』『勉強したってそもお前に価値なんてないんだからもう学校来んなよ』って。顔が腫《は》れ上がったそいつにもその親にも怒鳴《どな》られ続けてさ」

彼は右手を拳にしたまま、再び視線を落とす。

「俺は学校に行かなくなった。親も俺のせいで疲弊《ひへい》しきってて、せめて学校の試験だけは受けてくれって言われてさ、いまは別室で受けてる」

言い終えて、彼は小さな溜息をこぼした。彼の片鱗《へんりん》に初めて触れた気がした。でもそれと同時に、ふつうじゃない彼の経緯を知ることになって、胸が苦しくなった。

「向葵が、俺の名前をばかにするようなやつじゃないってことは十分わかってる。でもさ、トラウマなんだ。名前を呼ばれるたびに、言われた言葉を思い出す」

私は本当に彼のことを何も知らなかった。知らなすぎた。彼が学校に行かず、この喫茶店でアルバイトをしていること。そして、彼が自分の名前を私に打ち明けないのも心に負った傷のせいであること。

彼の右手が力なくテーブルの上へ置かれる。けれどその手は拳を作ったまま。人を、自分を傷つけたまま、ずっと止まってしまっているように見えた。

彼の表情は相変わらず飄々《ひょうひょう》としているように見えた。固く結ばれた口元が弱々しく開く。

「最初から、人に嫌われるってわかってるからさ。今まで散々《さんざん》嫌われてきたし煙たがられてきた。相手の求める俺になれなくて、むしろ俺自体は相手が嫌悪する存在でしかない。人から嫌われることにはもう慣れた」

彼が口を閉ざすと同時に、自分の拳を見下ろす。伏せた睫毛を苦しそうに震わせたとき、私は思わず、両手で彼の右手を包み込んでいた。

自分の涙を拭うことしかできないこの手のひらで、きみの苦しみを包み込んで温めることができたらいいのに。そう思った。

「嫌われることに慣れたんじゃなくて、たぶん自分を守るために麻痺《まひ》しちゃったんだよ。自分を否定されることが平気な人なんていない」

彼は「だけど」と苦しそうに吐き出す。

「俺はいつも周りを困らせる存在だから」

「でも、いちばん困ってるのはきみだよ」

私の言葉に、彼は唇をきゅっと結んだ。そして私の顔を一瞬だけ捉え、静かにそらす。

「……テレビでね、優しそうなおじさんが言ってたんだ」

ゆっくりでいい。彼はちゃんと聞いてくれる人だから。夏美のときみたいに、ちゃんと、下手くそでもいいから、言葉にして伝えよう。

「〝評価〟と〝価値〟は別物だって。周りで勝手にきみを評価する人たちがきみの価値を決めるわけじゃなくて。結局、自分の価値を決められるのは自分なんだって」

彼の固くきつく握りしめられていた拳が、かすかに動く。空っぽじゃない、私の言葉で。

「きみは私にたくさんの価値を見せてくれたし、それでたくさん助けてくれたよ。私はちゃんときみの価値を知ってる。気づいていないだけだよ、隠しちゃってるだけだよ。きみは、きみの価値を」

もったいないよ、という言葉は顔を上げた先、彼の表情を見て呑み込んだ。悲し気に切なげに揺れている瞳がじっと私だけを映し出す。

私は、彼の隣に、ずっと並んでいたい。

美術館でひとりうずくまって泣けもしなかった私に、出口を教えてくれたあのときの彼みたいに、私は彼の隣に並んでいたい。

「きみが私のために〝黒〟のことを考えてくれて、本当に嬉しかった。私は逃げるばかりで、ちゃんと向き合ったことがなかったから」

彼が私の立場に立ってあれだけ真剣に考えてくれたこと、私が抱える悩みを自分には関係ないからといって笑い飛ばさないで、真正面から受け止めてくれたこと。だから、私も見えてしまう〝黒〟をちゃんと受け止めて、受け入れて、それから進もうと思うことができたのだ。

「きみの隣では私は私らしくいられるんだ。だからありがとう。私にきみという居場所をくれて」

見開かれていた彼の瞳が、私の言葉によって弾けるようにまばたきを繰り返す。そうして徐々に無駄な力が抜けていくように、強張った表情が緩んでいった。

彼は決して無表情でも淡々としてもいなかった。いつだって、彼は人と話すときに緊張していたんだ。だから顔が強張って、なかなか動かないその表情から人は冷たさばかり受け取ってしまっていたんだろう。

カラン、とコップの中に入っていた氷の音が、静かに私たちの鼓膜を撫でる。

きみに会えたこと。それはいろんな偶然が重なって、お互いにたどる道の途中で、ふとした拍子に重なっただけ。

長い人生のたった一瞬の出来事が、こんなにも輝いて見えるのが、運命というものなのかな、と何の疑いもなく思えた。

そんな運命を手繰《たぐ》り寄せてくれたのは、ゴッホの『ひまわり』だった。

きみとなら、もしもいつかお互いがふつうの人になれたとしても、こうやってほんの少しだけ特別な時間を刻めると思う。

彼が私をじっと、ただただ静かに、けれど太陽の日差しのように力強い瞳で見つめていた。

それから目尻を垂らした瞳で私の姿を目一杯映しては、また、笑った。

まるで固く固く結んでいた靴紐《くつひも》がゆるゆると解け、その靴を脱ぎ捨てて、裸足で走り出すように、楽しそうに、彼は笑った。

「俺、向葵の隣は居心地が良いよ。向葵は大きな声出さないしさ、人と共感できない俺自体を受け入れてくれるから。俺も向葵にとって居心地の良い存在でありたいと、本当に思うよ」

心から嬉しそうにそれだけを呟いて、「そんなふうに思ったのは初めてで、戸惑ってるけど」――なんて付け加えた。

テーブルの上でぎゅう、と握りしめていた彼の拳が解けて、ひまわりが咲くように、太陽が雲間《くもま》から光差すように、その暖かな手がひらかれた。

第六話

たとえば、彼と私を二本の道だとして。

平行線をたどるまったく異なる険しい道が、平坦を求めることによって繋がりを持ち、そうやってでこぼこで下手くそな大きい一本道になりかけている中で。

片方の道がもがきながらも、少しずつ平坦に向かって逸《そ》れ始めていく、そんなこれからを想像してしまったとき、いま、何ひとつ変われていない私は、またひとりぼっちになってしまうのだろうか。

彼とは相変わらずゴッホについて一緒に調べていた。学校に行って、帰りに喫茶店で彼と会う。そんな繰り返しの私に対し、彼は日に日に水を得た魚のように活動の範囲を広げていった。

彼は前よりもよく話をするようになった。私にだけでなく、店長や佐伯さん、それから喫茶店の常連さんとも。厨房だけだった彼は、週に一度だけホールでも働くようになった。あとから「失敗すると思うけど、どうしても頑張りたい」と彼が店長に自らホールを希望したのだと聞いた。

彼のバイト用の鞄の中には、ゴッホの本だけでなく、いろんな種類の本が入るようになった。コミュニケーションの本。人間関係の本。言葉遣いの本。思いやりの本。その本は日に日に付箋《ふせん》を増やし、それに伴うように彼の表情も明るさを帯びているように見えた。

彼は、『硬くぎこちない笑顔が、ただの下手くそな笑顔になった』と周りに褒められていた。

私は、彼の笑顔が前よりも、眩しい、と、そう思うようになった。

今までは『社交辞令』だと自分に言い聞かせていた佐伯さんとのご飯も本当に行くようになり、店長と一緒に釣りにも行ったという。

いろんな話を彼から聞くたびに、私は自分の進むべき道が真っ暗で、またひとりぼっちになっていくような感覚ばかりを覚えて、いまよりも頑張らなければならないという思いを強めていくばかりだった。

今日も普段通り午前授業のみの学校を終え、喫茶店へ向かう。

電車に乗っている間、すぐさま自分の中に薄っすらと疼き始める孤独を忘却《ぼうきゃく》するように、ゴッホの本を読んだ。


ゴッホはパリで、印象派の絵に触れ、ピサロやスーラ、シニャック、ゴーギャンらと知り合い、彼の色彩は暗いものから、急速に明るいものへと変貌《へんぼう》を遂げる。

さらにパリで万国博覧会が開かれ、フランスでは日本ブームが起こる。ゴッホは以前から浮世絵《うきよえ》の存在を知っており、パリではおおよそ四百点以上の浮世絵を収集したとされる。浮世絵に強く魅了されたゴッホは、それらを多く模写《もしゃ》している。

新宿駅に着き、電車が止まる。私は本を鞄にしまい、多数派と同じような顔をしながら歩き始める。

駅を出ると、一気に眩い日差しが突き刺さる。目を細めながら早歩きで進み続ける。パリで急激な変化を遂げるゴッホが、今の彼の変化と重なってしまった。孤独に苦しむ彼が、多くの仲間と交流を持ち、新しいものと触れ合い、それらを吸収するように明るさを帯びていく。

もしも、二本の道に境目、というものがあるのだとしたら、きっとここなんだ。

私は、彼みたいに、ゴッホみたいに、変われていない。

彼以外に、自分のふつうじゃない部分を曝《さら》け出すことができない。人と交流を持つことだって、怖いままだ。

らせん階段にたどり着いた時には、すでに額にじんわりと汗がにじんでいた。マイナスな思考から逃げようとするあまり、歩調を早めすぎて息が上がってしまっていた。

階段を下りて、喫茶店にたどり着く。すると、木製の扉の前に、何か小さな張り紙がしてあった。

それに近づくと、【営業時間の変更】と書かれていて日付は今日のものだった。営業時間は午後三時からとなっている。スカートのポケットからスマホを取り出して現在の時刻を確認すると、まだ十二時半過ぎだ。

あと二時間以上ある。何か上手くいっていないときは、ドミノ倒しのように次々と不運が舞い込む。どうしよう、と考えながら少し来た道を戻れば大型のコーヒーチェーン店があったのを思い出す。そこで本を読んで時間を潰そう、と踵《きびす》を返したとき。

「あれ、向葵ちゃん」

扉の開く音がしてすぐにそんな声がした。慌てて振り向くと、そこには店長の日下部さんがいた。私と目が合うと、店長は白い歯を見せて笑う。それから扉に貼られている張り紙を指さす。

「ごめんね、連絡が遅くなっちゃって」

「あ、全然大丈夫です。三時にまた来ます」

「ああ、いいよいいよ。中入って」

私の戸惑いに構うことなく、店長は店の中へと手招きする。私はその柔らかな笑顔に釣られて、お店の中へと入った。店内はいつもと同じように照明もついていて、違うところといえばお客さんがいないことと、ジャズ流れてないことぐらいだ。

いつも彼と座っている席へ案内される。「何飲む？」といつもより軽い口調に、私はワンテンポ遅れてから「アイスココアいただいてもいいですか」と答えた。

「あいつに連絡入れていいよ。もう店にいるって」

店長にそう言われて、私はそこで初めて気がつく。固まった私に、店長は首を傾げたので、慌てて私はすぐに笑顔を浮かべた。

「私たち……、連絡先交換してなくて」

「マジか！　いまどきめずらしい。じゃあ俺から連絡入れとくよ」

そう言いながら、店長はポケットからスマホを取り出し「そういえば」と笑顔のまま言う。

「新しくこの店のアカウントを作ったんだ。ぜひお友達登録して」

私はスマホを取り出して、店長のスマホに映し出されるバーコードを読み取る。

「これで、いつでも向葵ちゃんをお店に呼べるねー」

店長は楽しそうに冗談を言いながら、厨房の方へと去っていった。

しん、と静かになった場所にひとりで座り込みながら、脳は慌ただしく動き回っていた。

私は、彼の名前も、学校も、誕生日も、血液型も、趣味も、特技も、連絡先も、何も知らない。私はいったい、彼の何を知っているというのだろう。

浅くなる呼吸を整えるように顔を上げる。そのとき、視界の端に黄色が映った。そちらを向くと、店内に飾られているゴッホの『ひまわり』の複製原画だった。

彼は先日、私が真ん中の三番目に背の高い元気な向日葵だと言ってくれた。でもいまになって、それはあのときたまたま偶然そうだっただけなんだと思ってしまう。

私はやっぱり、向日葵なんかにはなれない。

フローリングを歩く軽快な靴音がする。店長がアイスココアと珈琲をトレイに乗せて私の元にやってきた。

「お待たせしました。あいつ既読つけねえわ。寝てんのかな」

「ありがとうございます」

店長はいつも彼が座っている席に着くと、珈琲を飲む。「うまいなあ」なんて心底嬉しそうにそう言う店長がなんだかおかしくて自然と笑ってしまう。私がアイスココアを飲むと、店長は嬉しそうな顔のまま「うまい？」と聞いてくるので私は「美味しいです」とすぐに答えると店長は「そうだろ？」なんてさらに笑みを深めた。

いつもそんなこと聞かれないのに、いったいどうしたんだろうと思いながらココアをもうひと口飲むと、店長が口を開く。

「実はさあ」という店長の声は「父さん！」という声とともに厨房から出てきた男の子の声にかき消された。

驚いて男の子を見るだけの私とはちがい、店長は「どうした？」と言いながら立ち上がる。私たち、というか店長の元にやってきたのは中学生ぐらいの男の子だった。

声変わりはもうしている。中学二、三年生ぐらいだろうか。まだ夏休みではないはずなのに、平日の昼間に私服でここにいる。

既視感、という言葉とともに頭の中で彼が思い浮かんだ。

「珈琲豆って挽《ひ》いて持っていったら、どれぐらい風味と味ってもつの？」

滑舌《かつぜつ》の良い男の子のキリッとした眉が、店長に似ている。すると男の子が私の方を向いた。ぱっと笑顔になり、「こんにちは！」と笑った顔はやっぱり店長に似ていた。

「こんにちは」と思わず立ち上がって挨拶する私。

店長が男の子の頭をがしがしと撫でながら、私に向かって嬉しそうに言う。

「ひとり息子の優一《ゆういち》だ。今度、学校の行事で喫茶店やるっつうんで、淹れ方とか教えてたんだ。そのアイスココアも優一が作ったんだよ」

少しだけ照れたように笑う店長は優一くんへと顔を向け「うまかったってよ」と伝えた。私はほっこりする手前で、自分がおかした重大なミスに顔を青ざめさせる。

「すみません、私、邪魔してしまって」

三時から営業というのはちゃんと理由があったのに。私がもう一度謝ろうとすると店長がそれを制す。

「向葵ちゃんに飲んでもらって助かったのは俺の方だよ」と言った店長に、優一くんが笑いながら続ける。

「父さん何でも『うまい』しか言わないから信用できなくて。だから本物のお客さんに飲んでもらってよかった」

そう言う優一くんの心臓のあたりに〝黒〟はない。そんなところを見なくたって、真っ直ぐな笑顔で言った彼の言葉に嘘なんかないのに。

「だって本当にうまいんだから、それしか言えねえだろ」

「嘘だね。だって父さん、コップに口付けただけで言ってた。飲んでもないのにわかるわけないじゃん」

「父さんレベルになると匂いだけでわかんだよ！」

「あーはいはい。俺もう学校行くから」

ふたりのやりとりはまるで漫才だった。テンポの良いお笑いに、温かい姿に、私は思わず笑ってしまう。さすが店長の息子だなあ、と感嘆してしまう。

その後、再び厨房へと戻った優一くんはすぐに荷物を抱えて戻ってきた。

服装はそのままで、リュックに手荷物姿の優一くんは「じゃあ、いってきます」と元気に喫茶店を出ていった。お見送りを終えて、いつもの席に戻る。

正面に座る店長の顔は、嬉しそうな顔とどこか少しだけ寂しそうな顔が入り混じっていた。

優一くんがつくってくれたアイスココアは牛乳が多めで優しい味がする。

「優一くん、店長に似て優しいですね」

私の言葉に、店長は「そうなんだよ」と囁《ささや》いて微笑む。

「……いの一番に優しくあれって思いを込めて優一って名前を付けたんだ」

名前にぴったりな子だと思う。私とはちがって。そう思っていると、店長の瞳がわずかに曇る。

「優しすぎて、小学生のときに不登校に追い込まれたけどな」

「……え？」

声が震えた。店長の言葉がまったく呑み込めないのは、きっと、今さっき見た優一くんからはそんな姿が想像できないからだ。それでも、店長は真実だと言わんばかりにゆっくりと続ける。

「いじめられてる友達をかばって、優一がいじめられたんだ。もちろん人としては正しい行為だって優一を褒めたよ。でも、毎日学校から死人みたいな顔で帰ってくる優一に、親としては英雄になんかならなくていいから、笑ってほしいと思っちゃったんだよなあ」

複雑な表情の店長を初めて見た。いつも朗らかで楽しそうに働く店長は、生まれ持ってこういう性格なのかなと思うときもあった。きっと、この話を聞かなければ、私は一生店長のことをそんな人だと思い続けていただろう。

「学校にも何度も訴えに行ってさ。それでもそんな事実はないの一点張りで、半年が過ぎた頃、優一はとうとう学校に行けなくなったんだ。まあ、正直、優一が死ぬことよりも学校に行かないことを選んでくれて、本当によかったと思ってるよ」

静かな声で話し続ける店長。先ほどまでの親子で楽しく言い合いをしている姿が鮮やかに思い出されて、そんな背景があるとは思わせないような幸せな雰囲気に、さらに心臓が苦しくなった。

「不登校やいじめ、学校についていろいろ調べたんだ。ネットは情報が不確かなものが多いから、不安定な精神状態のまま読んでいたら良し悪しの選別も上手くできなくて疑心暗鬼になるばかりで。そんなとき一冊の本に出会って、オルタナティブスクールっていう場所を知ったんだ」

「オルタナティブスクール……？」

久方ぶりに音にした私の声は、涙がつっかえたように震えていた。店長は、そんな私にふわりと笑う。

「ヨーロッパやアメリカの哲学的思想をもとに発展した教育の場で、そこではいつも子供が主体なんだ。スクールによって異なるけど、テストやクラスがなかったり、子供が生活を通して書いた自由作文をテキストにしたりする。それがオルタナティブスクール」

「フリースクールっていうのは聞いたことがあるんですけど、そういうところがあるのは、初めて知りました」

「普通の学校行ってたら関係ないもんなあ。それに日本だと、普通の学校以外に通う子はどうしてもちがった目で見られやすい。でも、なんかそういうの、もういいんじゃないかって思っちゃうんだよな」

　店長は笑いながら、目尻を指でかく。店長の言いたいことが上手く掴み切れずに私は首を小さく傾げる。そんな私に店長は再び口を開いた。

「子供が行きたいところに行くのがいちばんなわけで。こうじゃなきゃいけないっていう意識は、子供の可能性を殺すだろ？」

　そう言いながら店長はエプロンのポケットからメモ用紙とペンを取り出し、文字を書き込みながら説明してくれる。フリースクールと書かれた文字にペンの先が乗る。

「フリースクールは不登校の子が過ごす場所っていう意味合いが強調されてるんだよ」

　店長はそう言ってペンの先をオルタナティブスクールと書かれた文字の上へ移す。

「それに対して、オルタナティブスクールは自分がその風潮《ふうちょう》に合っていると感じた子が入る。公教育が合わなくて来る子もいれば、一年生から通う子もいる」

　私は店長の言葉に小さくうなずいた。

「オルタナティブスクールはフリースクールとかを総称したものなんだけど、まだ日本じゃ明確な定義をされてないんだ。だから〝もうひとつの学校〟っていう意味合いが強い」

何も知らなかったのだ。ふつうの学校に通う私にとって、学校に行けない人が行く学校がある、という認識しか持っていなかった。

そのなかにも種類があって、どんなところにどんな子たちが通っているのかも何も知らなかったし、知ろうともしなかったんだと、店長の話を聞いてわかった。

「優一が全寮制のオルタナティブスクールに行けるようになった最初の頃は、そりゃ周りにいろいろ言われたよ。いずれは普通のとこに行かせるつもりでしょ?とか、将来不利になるだろうとか、逃げてるだけだとか、もちろん親としても不安になったこともある」

そう言って、店長が珈琲を飲む。それは優一くんが淹れてくれたものだ。湯気《ゆげ》はない。きっともう冷めてしまっている。それでも店長はやっぱり「うまいなあ」と目尻にシワを作って笑うのだ。

「だけどさ――」

店長がカップをソーサーに置く。カチ、と陶器が静かな音を立てる。店長が残りわずかな珈琲を見下ろしながら穏やかな声で言う。

「優一が寮からいったん戻ってきたときに『学校が楽しい』って、笑ってくれたんだ。……本当に、久しぶりに見た笑顔だった。そのときに、いろんなこと言ってくるやつら全員うるせえ!って思ったね」

けたけたと笑う店長の瞳はほんの少しだけ潤んでいた。私の視界も同じようににじみかけていたけれど、それでもたぶん、見間違いなんかじゃない。

何度もうなずく私に、店長は再び口を開いた。

「自分を殺してまで大多数に染まる必要なんてない。子供が毎日を楽しいと思えて、自分に自信を持てれば、それからの未来はきっとどうにだってできるんだって、優一を見て思ったよ」

静かな店内にわずかに差し込む光はステンドグラスで色鮮やかだ。店長が不意に壁に飾られているゴッホの『ひまわり』に顔を向けた。私も追いかけるようにその絵を見る。

いつでも穏やかに、凛と、優し気に咲いて、向日葵を見つめているのは私たちのはずなのに、いつの間にか、向日葵に見守られている気がしてくる。

店長が「……あいつ」と柔らかな声で言った。

「あいつ、向葵ちゃんと出逢ったことで少しずつ自分に自信を持てるようになってるんだ。めちゃくちゃぎこちない前進の仕方だけど。向葵ちゃん、ありがとう」

真っ直ぐと向けられた感謝の言葉に、私は慌てて首を横に振る。そんな私に店長は笑いながら、テーブルの上に頬杖をつく。

「向葵ちゃんは、ふつうになりたいんだろう？」

神経衰弱《しんけいすいじゃく》のように一枚のズレもなく私の心の中にある核心を当ててくる。店長の言葉に私は少し遅れてから、小さくうなずいた。

周りと同化しならなければならないという思いは強まるばかりだ。

いちばんは、彼に置いていかれたくないという気持ちがある。

彼は少しずつでもそれでも確実に、生きることに前向きになっていって、間違えてもいいからと前へ進もうという気持ちが表情からにじんでいた。

消極的なままで、自分を内に隠したまま、生きることに受け身で、惰性《だせい》といってもいいような日々しか送れない私は、彼とどんどん差が開いていくばかりだった。

差が開くたびに、彼の背中が遠くなっていくたびに、私は焦りを感じていた。そんな気持ちをひた隠しにしながら彼の隣に並んでは、また開いていく差に胸が苦しくなる。

彼の隣で同じ気持ちを共有し続けるためには、変わっていく彼に合わせて私も変わらなければならない。

そのために私に必要なのは、ふつうになることだと思うのだ。

店長は、私と合わせていた視線をふっと緩めた。頬杖をついたまま、「うーん」と口元に笑みをつくったまま唸《うな》ると。

「ふつうって、いったい何なんだろうなあ」

少しだけ掠れた声に、私は何も答えられなかった。それがまた、私を追い込んだ。

その後、「特別に」と店長がチョコレートと生クリームたっぷりのクレープを作ってくれた。それを食べようとした瞬間、まだ張り紙をしたままのはずの扉が開いた。

「おつかれさまでーす。ん？　めっちゃ甘い匂いすんな」

明るい声が店内に響く。姿を現したのは、おしゃれな格好をした佐伯さんと——。

「おつかれさまです」

淡々とした声で、佐伯さんのすぐ後ろから入ってきたのは彼だった。黒いキャップを外した彼と目が合う。

「あ、向葵」

彼は前にいる佐伯さんをするりとかわしながら私の元へやってくる。私は情けなくもフォークに突き刺さったクレープを口に運ぶところで停止している。

佐伯さんもこちらに顔を向けて「あー！　向葵ちゃんいいなあ。店長、俺もー」なんて厨房にいる店長に向かって叫ぶ。すると「うるせえ！」と店長から返事をされて佐伯さんは笑っている。

佐伯さんと一緒に彼が出勤しているのを初めて見た。もしかしたら今までも何度かあったかもしれないのに、いまの私にとっては焦りの要素にしかならなかった。彼がまた前へ進んでしまっている。そんな気持ちばかりが、私を不安に落とし込む。

彼は店長と佐伯さんのやりとりを気にも留めず、私の前の席へ「座っていい？」と聞いてくる。彼はいつも必ず訊ねて、私が答えてから座るのだ。

「本、進んだ？」

椅子に座った彼はトートバッグからいつもの本を取り出す。私も、電車の中で読み進めてその分だけしおりが進んだ本を鞄から取り出す。

「電車の中で、ゴッホがパリに来てからのところまで」

少しだけ、と答えそうになったけれど、具体的に答える。曖昧な表現は彼にとっては名前のない色のように、釈然《しゃくぜん》としないらしい。

「俺も、昨日寝る前に十一ページ読んだ」

そう言いながら彼が本を開く。椅子の背もたれにはトートバッグのほかに、大型本屋の袋も一緒に引っかけてあった。ここに来る途中で買ったのだろう。

店内の奥では店長が厨房から出てくる姿が見える。トレイの上には四つの飲み物が乗っている。冷房機のところで涼んでいた佐伯さんは店長の元に行く。

「ふたりで一緒に来たのか？」

「俺、大学だったんすけど、かわいいバイトの後輩に買い物付き合ってって言われたら大学なんて行ってる暇ないっすよね」

「サボってんじゃねえよ」

「はいはい、そういうの気にしてたら前髪後退しますよー」

なんて言い合いをしながら店長と佐伯さんが私たちの元へやってくる。三時までは
まだ時間があると言って店長は私たちにアイスティーをくれた。

隣のテーブルに店長と佐伯さんも座りながら、私たちに話しかけてくる。

「ゴッホのこと、どこまでわかったの？」

店長の言葉に「パリに出てきて、明るい色彩を使うようになったところまでです」

と彼が答える。すると店長が立ち上がり、店内の中央にある柱に添うようにして作られた本棚の中から特に大きくて分厚い画集を持ってきた。

「これにゴッホのパリ前後の作品も、印象派の作品もあるから見比べてごらん」

「ありがとうございます」

目次からゴッホを探し、そのページまでたどる。フルカラーだ。すごい。美術が全然わからない私は、ゴッホのことだってまだまだなのに、この本に載っているほかの画家の名前はもっとわからない。

「店長、ゴッホってあのゲルニカの人？」

「それピカソ」

「マジかよ、ムンクの叫びだわ驚愕《きょうがく》」

「佐伯、年下の前で恥ずかしいからやめろ」

なんて佐伯さんと店長がやりとりをしている間にもゴッホのところにたどり着く。

そこには作品が描かれた年の順に並んでいる。ページを何枚かめくり、思わず「確かに」と呟いた。

「本当に、作品がパリに出てから明るくなってます」

顔を上げて、店長に言う。彼は未だにゴッホの絵をじっと見つめている。

ゴッホがパリにやってくる前、一八八五年に描かれた『馬鈴薯《ばれいしょ》を食べる人々』や『古い教会の塔《とう》、ニューネン』など、その他の人物像なども全体的に暗いものが多い。それに対して、パリに出てからの作品は明るい。

「印象派っていうのは、モネとかルノワールとかのことな」

そう呟きながら店長はその本をぱらぱらとめくり、あるところで止める。ページには『印象派　モネ』と書かれている。モネという画家の作品は、パリにやってきて明るくなったゴッホの絵よりもさらに明るく、慎ましくもありながらとても華やかな作品に見える。写真のような絵もあれば、ぼんやりとした輪郭のみで描かれたものもあった。

佐伯さんは椅子を私たちのテーブルへ持ってきて、たいして興味なさそうにその本を適当にめくり始める。

「ゴッホが影響されたのがよくわかる」

本で読んだだけではわからなかったことだ。アイスティーを飲みながらページをめくる佐伯さんが真顔で言う。

「店長、印象派ってなんすか」

佐伯さんの茶色く染められた髪の根元から、ほんの数ミリだけ黒色が見える。

「文字が読めるなら自分で読みましょう」

「最近老眼なんすよ」

「いやそれ俺だから」

すると佐伯さんと一緒に画集を眺めていた彼が、驚いたように言った。

「佐伯さん、老眼なんですか」

真剣な顔でそう訊ねてくる彼に、佐伯さんはけたけたと笑う。

「冗談だよ。俺そこまで年取ってないだろ。老眼なのは店長」

なんて言いながら佐伯さんは店長を指さす。店長は「そうだぞー」なんて腕組みをして深くうなずいてから「俺だってまだ若ぇよ」と言った。

思わず笑ってしまう。少し遅れて彼も小さな声で笑った。佐伯さんや店長が作り出してくれる雰囲気はとても温かい。

佐伯さんは氷だけになってしまったコップをテーブルに置くと、画集を指さす。

「でもなんていうか、このゴッホ?って人が描く花って地味っつーか、この人の見てからほかの人たちの見ると、派手だなあって感じません?」

佐伯さんの言葉に、店長が驚いたような顔のまま口を開く。

「お前、意外とすごいなあ」

「意外はいらねえっす。俺はいつでもすげーやつなんで」

佐伯さんの言う通り、ゴッホの代表的な作品である『ひまわり』と、モネの『オランダのチューリップ畑』を見比べてみても、ゴッホのは花瓶に枯れた向日葵までもを黄色を基調として描いているのに対し、モネは風車や青空に負けないぐらいに色とりどり咲き誇る多くのチューリップを描いている。

彼と一緒に感嘆しながらそれぞれを見比べる。

「ゴッホがひまわりを好んで描いていたのには、ちゃんと理由がある」

店長はそう言って笑った。「へー、何すか？」と早速答えを知りたがる佐伯さんに「自分で調べろ」と店長はふふんと鼻を鳴らす。

ぶーぶーと拗《す》ねる佐伯さんに店長が「仕方ないなあ」と言いながら続けた。

「じゃあ、ゴッホの残した言葉をひとつ、教えてやろう」

そう言って改まったように咳払いしてから、喉を潤すために自分のアイスティーを飲もうとした店長のそれは、もうすでに佐伯さんによって飲み干されていた。店長は困ったように笑いながらも、ゆっくりとした声で教えてくれた。

「〝美しい景色を探すな。景色の中に美しいものを見つけるんだ〟」

ぼんやりと、一度はどこかで聞いたことのある言葉だった。テレビか、雑誌か、ネットか、広告か。それは忘れてしまったけれど、その言葉はなんとなく聞き覚えがある。この言葉を言ったのがゴッホだとは思いもしなかったけれど。

景色の中に美しいものを見つける――。

「……いまの、私には、少し、わかりません」

三人の前で、私は少し不安を感じながらも本当の気持ちを呟く。

美しい景色なんて、この世にあるのだろうか。さらにありきたりの景色の中でその美しさなんて見つけられるとは思えない。

〝黒〟のせいで、私の見える景色はいつも醜かった。

そんな私に「俺もー」なんて軽い調子の声が流れてきた。無意識のうちにうつむいていた顔を上げれば、佐伯さんが柔らかな笑みを浮かべて私を見つめていた。

「俺も、向葵ちゃんと一緒でわかんないなあ」

そう言った佐伯さんの心臓のあたりに目が行ってしまう。

ああ、そうか。佐伯さんはその場の雰囲気をほぐそうとして言ってくれたのだ。彼の胸のあたりは本当にかすかに〝黒〟が見えた。

ああ、私のせいだ。佐伯さんに、心にもないことを言わせたのは私だ。私の本音がこの場の雰囲気を悪くさせて、挙句の果てに佐伯さんに気を遣わせて思ってもいないことを言わせてしまった。

店長が「万人が賛同する言葉なんてないしなあ」と笑ってから「そろそろ開店準備の時間だ」と立ち上がった。私も何か手伝おうと思い立ち上がろうとすると、佐伯さんが「向葵ちゃんはクレープ食べてゆっくりしてな」と気遣ってくれた。

ふたりが立ち上がって、そして彼が立ち上がる。そのときに、彼は真面目な顔で口を開いた。

「いまの俺は、景色の中に美しいものを見つけるって言葉が、確実ではないですけど、わかります」

堂々とした言葉に、私は彼を見つめたまま何も言えなかった。

その胸にやはり〝黒〟はない。

彼は、唯一、〝黒〟の見えない人。

思っているよりも、私と彼との差は開いているのかもしれない。どれぐらいとか、そんなものはわからない。でも、景色の中に美しさを見つけられない私と、それができる彼には、大きな大きな差が生まれてしまっているのではないかと思わざるを得なかった。

三人が開店準備を始め、私もテーブルや椅子の整頓《せいとん》だけはせめてと手伝った。それでも時間は有り余ってしまい、三人が厨房へと姿を消したあとにそっと本を開いて続きを読む。

パリに来て、印象派の影響などを受けて色彩が明るくなったゴッホ。しかし、印象派は技法的に黒の色を画面から捨てたのに対し、ゴッホにとっては黒もまた大切にしたい色だった。

ゴッホが描きたいものは『人の役に立つもの』であり、人々の救済に繋がるものでなければならなかった。ゴッホが絵画に求めたのは、ピクニックやダンスや駅を描くことよりも、誠実さや慈悲《じひ》といった感情を表現することだった。

パリに渦巻くさまざまな絵画の風潮は時にゴッホを混乱させ、激情に駆られたままの言動でテオにさえ嫌われることもあった。

次第にゴッホはパリの喧噪《けんそう》に耐えられなくなり、一八八八年に南仏・アルルに移る。

「向葵」

いきなり名前を呼ばれて慌てて本から顔を上げる。いつの間にか彼が私のすぐ側にいた。

胸に小骨が突き刺さったようなもやもやを感じながらも、それを気にしないようにしながら「どうしたの？」と返事をする。

彼は一度、きちんと私と目を合わせてから、すぐにそらす。

「土曜にある夏祭り、一緒に行こう」

目と目を合わせなくても、彼がきちんと心を込めて言ってきたものだということは
その声で十分わかった。

それに加えて、向日葵を見に行くときに誘われた様子とはちがう。曖昧で、自信がなさげだったあのときとはちがい、明確な目的を持って、私を誘ってくれているのがわかった。

「……うん」

私は胸につっかえた黒を身体の中に押し込んで笑う。

彼が前に進んでしまったなら、置いて行かれないように私も前に進まなければ。

第七話

夏祭りは、うちの高校の近くで毎年催《もよう》されている。私は行ったことがなかったけれど、夏美の話では神輿《みこし》もさることながら、出店が豊富で、それなりに人が集まるらしかった。

私は私服で行くか浴衣《ゆかた》で行くか悩みに悩んだ結果、消極的な自分が勝り、私服に決定した。待ち合わせ場所を決めるときに、本当だったら高校の最寄り駅がいちばん近いのだけれど、暗黙の了解で喫茶店で、ということになった。

私がお店のあるビルに着くと、すでに彼はらせん階段の前で本を読んでいた。夏の夜は、まだまだ暑い。昼間に太陽の日差しに温められた建物が熱い息を吐き出すように、こもった熱が身体にまとわりつく。

「遅くなってごめんね」

彼の元に行き、そう言えば本から顔を上げた彼は腕時計を見て首を横に振る。

「待ち合わせ時間、過ぎてないから遅れてないよ」

笑いもせずに淡泊《たんぱく》な返事だけど、彼なりの気遣いなのかなと受け止めると自然と頬が緩む。

ぱたん、と本を閉じて鞄の中にそれをしまう。ゴッホの本ではなかった。表紙はちらりとしか見えなかったけれど、『症候群』という文字がちらりと見えた。

ふたりで隣同士歩きながら、新宿駅に向かう。友達と並んで話すときは隣へ顔を向けるけれど、彼と話すときは真っ直ぐと前を向いたまま。

「さっき読んでた本、面白いの？」

何気なくそう訊ねた。夜の町を歩く彼は黒いキャップを被っていない。サンダルが苦手だという彼は夏も毎日スニーカーだ。

「面白いっていうよりは、今まで形容しがたかった俺の感情が具体的に代弁されてるとは思った」

そう言った彼が一瞬だけ動きを止める。ワンテンポ遅れて振り向いて彼を見れば「パトカーだ」と呟いた。サイレンなんて聞こえない、と周りを見回した瞬間、サイレンの音が遠くから聞こえてきた。

サイレンの音が止んでから信号を渡り、駅までの残りの道を歩きだす。

「こないだ一緒に買い物に行ったときに寄った本屋で、佐伯さんがさっきの本を見つけて、これお前に似てるって。それで買って、いま読んでる」

改札を抜けて通学のために利用しているホームへ向かう。夏だから肌の露出《ろしゅつ》が増えた人たちと多くすれ違う。そのなかで浴衣を着ている人もちらほらといた。

駅は人が多いけれど、移動のための手段として利用する場所だからか、人の多さのわりに〝黒〟を見る機会は少ない。そうでもなければ、私は毎日、電車で通うことなんてできないだろう。

電車に乗り込む。席は空いていなかったのでふたりでつり革に掴まりながら目的地に着くのを待つ。

浴衣を着た女の子が手鏡で髪をチェックしている姿を眺めていれば。

「ゴッホの本は進んでる？」

いきなり隣から降り注いだ質問に、心の中に小さな亀裂が入る。

私は少し間を置いてから、首を横に振った。

「実は、ゴッホがアルルに行ったってところからは読めてない」

「どうして？」

真っ直ぐと向けられる疑問。私は溢れ出してしまいそうな気持ちを静めるために、下唇を舌でなぞる。

「前に話した、美術の課題絵が大変で」

私の言葉に、彼は「そっか」とすぐに納得した。そんな彼の真っ直ぐさに、私の胸はきりきりと痛む。

嘘だった。課題絵はひとつも進んでいないし、今の私には相変わらず『心の拠所』なんてものはなかった。

本当は怖かったのだ。続きを読むのが。

人のために絵と向き合い、誰よりも孤独を恐れていたゴッホは、生まれ持った性質や気質のせいで、結局はどちらにせよ孤独になってしまうことが、自分に重なってしまったのだ。

　頑張って周りになじもうとしても、最終的には自分が奥底に抱えたものが爆発してしまう。そんなゴッホの姿がまるで私の未来を暗示《あんじ》しているようにしか思えず、そう思ったら本を開くことが怖くなってしまった。

　私の〝黒〟はきっと、誰にも、理解も、共鳴も、してもらえない。

　ふつうじゃない私が自ら孤独を生み出す。

「きみは、どこまで読んだの？」

　沸々と溜まっていく感情を忘却するために、彼に訊ねる。

　ちらりと隣を見ると、つり革に掴まる彼はじっと窓の向こうにある景色を追いかけていた。茶色の瞳がただの早送りのような景色を膨大な情報として呑み込んでいく。

　まばたきが、彼なりのリセットだった。

「……アルルで発作に苦しむゴッホを、近くに住む住民たちが『頭のおかしい画家は監禁《かんきん》すべき』っていう嘆願《たんがん》を出したところ。その後ゴッホは自ら病院に入った。きっとさ、周りの冷たさに耐えられなかったんだと思う」

「え……？」

　発作に苦しむゴッホ。頭のおかしい画家。監禁すべきという住民。その圧力のせいで病院送りに入らざるを得なかった孤独なゴッホ。

一つひとつの言葉を呑み込んでいくと、あまりの痛々しさに言葉通りの景色が鮮明に浮かび上がってきて、呼吸が浅くなる。

ゴッホは、アルルでもまた孤独になってしまうんだ。その事実が、どうしようもなくやるせなくて。あまりにも空虚な事実に涙すら出ない。

「向葵、着いた」

「え？　あ、うん。ごめん、ぼーっとしてた」

降りていく人たちに流されて、一緒に降車する。

気持ちを切り替えるために、構内の女子トイレに入る。鏡に映る自分の顔色が真っ青で、慌てて口角を上げてみたけれど、ひどく映るばかりだった。


お祭りは想像以上に混んでいた。

黒、黒、黒、黒、黒……。

想像以上にその色は祭りの中にはびこっていた。

〝黒〟が複雑に行き交って、私は思わず口を手で押さえて呼吸を止めてしまいそうになる。

みんなにとって楽しいはずのお祭りは〝黒〟が見えるようになってからの私にとっ

てはつらい場所でしかない。

多くの人が集うそこで本来、本当に楽しいのなら見えるはずのない〝黒〟が当たり前のように介在《かいざい》していることが、私にとっては矛盾以外の何ものでもなくて、いつの間にか人の怖さが募る場所でしかなくなっていた。

〝黒〟の見えない彼の隣が当たり前になりつつあった私は、いつでも避け続けていた人混みの本当の苦しさをこの場に来てから思い知る。

久しぶりの〝黒〟の多さに、無意識のうちに顔が強張っていたのだろうか。

「向葵の顔がいつもより動きが少ないのは、俺の気のせい？」

そう訊ねてきた彼の顔は、思いのほか近い。人も多く、あちこちで流れる音楽のせいで、隣の人に声を届けるのもひと苦労なのだ。

顔のパーツを細かく分析するように、彼は茶色の瞳に私を映し出す。私の顔が鏡にでもなったかのように、硬い表情で心配そうに私を見つめている。

隣の彼には今日も〝黒〟は見えない。そのことに心から安堵している私がいて、彼を見ながら私は、ゆっくりと呼吸を整えた。

「大丈夫。ありがとう」

あちこちに見える〝黒〟を視界から消そうとはせず、なるべくその人に目を向ける。ゆっくりでも、〝黒〟を先に見る癖を直そう。私が向き合うべきなのは〝黒〟じゃなくて、その人自身だ。〝黒〟とその人自身が一致しないのにだって理由があるのだ。大切なのは、黒じゃなくて、〝理由〟だ。

佐伯さんのように、優しい嘘で胸を〝黒〟に染めている人だっている。

進まなくちゃ、私だって、前に、もっと前に、彼の隣に居続けられるように。

深呼吸は太鼓《たいこ》や笛の音、大勢の笑い声に吸い込まれていった。落ち着いてから彼に笑いかけると、彼は未だに心配そうに眉間にシワを寄せたままだったが、少しするとゆっくりと口角を上げた。

ふたりで、ふつうの人たちが集まる人混みの中に紛れる。ときどき隣の彼を無意識に見上げるが、彼は祭りの光や華やかさを吸収したように輝かせた横顔を私に見せるだけで、瞳がかち合うことはない。そのことにどこか安心していて、ほんの少しじれったく感じる私もいた。

ふと、手を繋いでいる男女が視界に入った。私たちと同い年くらいの男女で、ふたりは照れくさそうに笑い合っていた。

私たちもそんなふうに見られているのだろうか。

「どうして――」

私の言葉の途中で、彼の瞳が私を見下ろした。それから唇を動かす私に表情を変えることなく、流れるように彼の顔が近づいてきた。彼は、私の耳元に口元を寄せて。

「なに？　聞こえなかった」

と、少し大きめの声で言ってから、今度は私の唇に耳元を寄せてきた。私は、右手をそっと口元に寄せて声が外に流れていってしまわないようにしてから、言う。

「どうして、夏祭りに誘ってくれたの？」

彼は私の問いにすぐ答えるために、ぐっと私に近づきそのまま唇を大きめに動かす。

「向葵と行きたいって思ったから」

「え？」

彼は照れるわけでも笑うわけでもなくはっきりとそう言い切ると、何も反応できない私からそっと離れた。

私はじわりじわりと身体の内側に溜まっては逃げ場を失って蠢《うごめ》くばかりの熱に戸惑いながらも、横顔しか見えない彼をちらりと盗み見た。

彼がその言葉を紡いだ真意が知りたかった。そうすれば、私のいま込み上げてきた気持ちが、どちらに傾いているのかもわかると思ったのだ。

私は、私の気持ちがわからなかった。

「なんか食う？」

「うーん、あ、かき氷食べたい」

身体の火照《ほて》りを残しつつ、私たちは多数派の人たちに紛れて夏祭りを楽しんでいた。

というよりも、こんな人混みの中、ふつうの人たちはお祭りに夢中で周りなんて気にするような環境ではなかったのだ。

ふたりで道脇の石段に腰かけ、私はいちごのかき氷、彼はレモンのかき氷を食べる。夏の暑さと人の熱気でじんわりと皮膚から汗がにじむ。赤と青のラインが入ったストローは先端がスプーンのようになっている。それでわずかに氷をすくい上げ、口の中に運んだ。

舌の上をひんやりと氷が滑る。瞳に映り込む景色は夜を照らす人工的なオレンジの光と、熱気に混じるように弾けては膨れる人々の〝黒〟。それを見てしまってから口に含んだ赤い色をした氷は、焦げた味がした。

「元気がない人にはどう接すればいいのかって、佐伯さんに聞いたんだ」

隣の彼が私に淡々とした声で言った。横顔は、先ほどまでの私と同じように祭りを眺めている。

「俺は人の変化には疎いけど、それでも、向葵の笑い方が最近ちがって見えたからさ」

そう言った彼は視線を落とし、黄色いシロップが注がれたかき氷を見下ろす。

気づかれていたことに、驚いた。誤魔化すように笑う回数が増えたこと、濁すように笑うようになったこと、無理して笑顔をつくるようになったこと。

彼は表情を固めたままの私の方へ顔を向ける。じわり、と瞳の奥が祭りの熱に呑み込まれたように揺れた。

「向葵、今日はちゃんと楽しい？」

必死で私の真意を探るように彼の瞳が私の瞳を捉えて離さない。久しぶりに彼の顔を、瞳をきちんと見つめ返した気がする。最近の私は逃げてばかりだったから。

彼が人の顔を見つめているときは、必死でその人の表情を読み取ろうとしているときだった。言葉を発するときにそらす目も、私の笑顔を気にするときは真っ直ぐと私に注がれる。

私は、いま、彼の隣にいられることに安堵しながら、笑った。

「楽しいよ。ありがとう」

そう答えれば、彼が間髪入れずに私に訊ねる。

「本当に？　具体的に、何が楽しい？」

「え？　具体的に？　この、雰囲気とか」

「あとは？」

「美味しいかき氷とか」

「それで？」

必死に私に問い詰める彼の真剣な顔がなんだかおかしくて、私は思わず声を出して笑ってしまった。怪訝な表情を浮かべる彼の顔に、私のことを彼なりに精一杯考えてくれていることに胸の深い部分がさざ波のように流れて、揺れた。

いざ素直な気持ちを吐き出そうとする急に恥ずかしくなって、私はストローでさくさく、と氷を意味もなくいじくりながら、答える。

「なんか、全部。きみと一緒に来られて、だから、楽しい」

言葉にしてみて、それが自分に跳ね返ってくる。そっか。私、彼と夏祭りに来られて、とても嬉しいんだ。

来年は一緒に来られるかな。どんどん変わりゆく彼と、何も変われていない私。今のままじゃ、絶対に無理だ。頑張らなければならない、来年も、これから先もこうしてふたりでいられるように。

頑張ろうが、頑張れになって、頑張らなくちゃから、頑張らなければならないというところまで行き着いた。

顔を上げ、隣の彼へと視線を戻す。

彼はとても嬉しそうに目尻を垂らして微笑んで、静かに私から視線をそらした。

〝黒〟はもちろん見えない。もしも私に黒以外の色が見えるとしたら、彼のこの優しさに満ちた感情はいったい何色に見えるのだろう。彼の色を見てみたいと、初めて誰かの色を見たいとそう思った。

胸にじんわりと広がる新しい感情に戸惑い、それを隠すように話題を変える。

「佐伯さんと本当に仲良くなったんだね」

夜の濃さとともにお酒の香りも濃くなってきて、どこからか爆発するようにどっと笑い声が響いてくる。同じ空間にいるはずなのに、私と彼の間で進む時《とき》は周りよりどことなく遅く感じる。それが、ふつうじゃないせいなのか、それとも夏祭り特有のものなのか、わからなかった。

「佐伯さんに、というか、バイト先の人たちに常識から外れた俺の部分を自覚できてるところだけでも伝えたんだ。もちろん俺と極力話さないようにって判断した人もいたけどさ、佐伯さんは変わらずに接してくれたから」

簡単にそう言った彼の言葉に、私はぴたりと動きを止めた。

彼が佐伯さんたちとどれくらいの付き合いなのかは知らない。でも、急速に変化する前の彼と佐伯さんのやりとりを知っている私は、思わず自分とその周りを比較してしまった。

私は、一年以上の付き合いをしている夏美にすら〝黒〟のことを打ち明けてない。

ここでまた、彼との差。隣が、遠くなる。来年のこの瞬間が、泡のように消える。

せっかく彼が私のことを心配して、連れてきてくれたのにな。

そんなことを思いながら、私は結局また誤魔化すような笑顔を浮かべていた。

「すごいね。あ、それでさっきの本を佐伯さんが見つけて教えてくれたの？」

「うん。俺には関係ないけどって言いながらも、飯とか連れて行ってくれるようになった」

「……そっか」

溜息を押し込めて、笑った。騒がしい音と〝黒〟から逃げるように石段のところに来たはずだった。それなのに、周りより静かなここにいたら、彼に私の暗い変化を読み取られてしまいそうで、私は逃げるように立ち上がった。

「私、射的《しゃてき》ってやったことないんだよね。せっかくだし、やろうかな」

早口でそう言い切り、さっさと歩きだす。彼の顔を見ることができなくて、人混みのなかにどんどん突き進んでいく。不安定な感情のままその中に入るとどっと〝黒〟が転がり込んできて、気持ち悪くなる。

彼が私にくれようとした気持ちを素直に受け取りたいのに、焦燥や不安、孤独が邪魔をする。誤魔化そうとすればするほど、あらが出る。全然、上手く笑えない。苦しくて、つらくて、でもそれを彼に告げることはできなくて。

私に残された道は、もっともっと頑張ること以外に残ってなくて。

高熱と吐き気を抱えたまま、ひとり悪寒《おかん》に震えながら歩き続けなければならないような、そんな思いだった。

「向葵！」

後ろから彼の声がする。そのことに安堵する私と、逃げたくなる私が矛盾の中で混在している。自分に自信がないせいだ。彼の隣に並ぶためにふつうの人になるための努力を私は怠っている。そのせいだ。

「向葵、待って！」

その声とともに、私は後ろから勢いよく腕を掴まれて引かれる。反射的に振りほどこうとしながら振り返れば、そこには焦ったように困惑しきった彼が私を見下ろしていた。

その瞬間、人混みなかで、彼の肩に誰かがぶつかった。

驚いた顔をしただけの彼とはちがい、「いってえな」と過剰な怒りを表す声が聞こえる。

そちらに顔を向けると、私たちと同い年くらいの男子グループだった。おそらく彼と肩がぶつかった男がこちらを向いて、苛《いら》立った表情を浮かべている。

日焼けした肌にセットされた髪、整えられた眉に、少し吊り上がった瞳。

「いてぇんだけど」

もう一度、そう言った彼の胸には大きな〝黒〟が見えた。

私はとっさに感情が流れ込んでこないように、ぐっと身体に力を込めて必死で気持ちを抑えようとする。

男は彼の顔を見てわずかに目を見開いたが、それから意地汚い笑みを浮かべる。彼は私の腕を掴んだまま、表情を変えることなく男を見つめるだけ。

「あっれー、久しぶりじゃん。俺のおかげで学校来れなくなった不登校野郎」

男は彼に向かって、嬉しそうにそう言った。まさか、と思いながら、彼から以前聞いた話を思い出す。

ああ、もしかして、この人が。きっと、彼が学校に行けなくなった原因をつくった張本人。

真っ黒な笑顔を浮かべた男の心臓あたりにあったはずの〝黒〟はなかった。

その光景を目の当たりにして、気持ちが悪くなる。

どうして、あんなひどい言葉を心から相手にぶつけることができるのだろう。

「お前、学校にも来ないで女と遊んでんだ？」

悪意ある言葉を楽しそうに紡ぐ。それは真っ直ぐと彼に向かって棘のように伸びる。

男が連れていたグループの中で名前は知らないけれど、見知った顔があった。確か、同じ高校の人だ。そんなことを思いながらも、私は彼が腕を掴んでくれていなければ、隠しもしない悪意の塊《かたまり》の気持ち悪さで今にも倒れそうだった。

何も言わない彼に、男はさらに悪意のこもった言葉をぶつけ続ける。

「なんでお前みたいなばかがこんなとこ来てんの？　急に暴力ふるうやばいやつがこ

んなとこ来てるとか、危なくて楽しめないんだけど」

嫌悪の瞳が彼に注がれる。周りは男の言葉に笑いながらグループ内で「なに、山内《やまうち》に喧嘩吹っかけられてるやつって誰?」「山内ぼこぼこにして停学になったやつ」「山内ぼこられたのかよ、だっせ」と盛り上がっている。

その集団の中にも〝黒〟はない。一緒にいる友達をばかにしても何も思わないんだ、この人たちは。

憎悪や嫌悪を彼にぶつけ続ける男は後ろを振り返り「黙れ」と怒りを散乱《さんらん》させている。男は山内という名で、そしてやっぱり彼が殴り、彼に学校に行かないという選択をさせた人物だった。

ずっと黙り込んでいた彼が、前触れもなく口を開いた。

彼のかすかな動きに、わずかだけど山内が身構えたのがわかった。きっと牽制《けんせい》したとしても彼に殴られたことはトラウマに変わりはないのだろう。

彼の茶色の瞳は真っ直ぐと、山内に注がれている。彼は無理をしている。それぐらい、近くにいた私はすぐにわかった。

「殴って悪かった」

たったそれだけを告げ、彼は山内に対して頭を下げた。自発的な彼の姿勢に驚いたように、山内は目を見開いてから、焦燥しだす。

「……は？　だからなに」

山内のあからさまに困惑した気持ちを覆うような虚勢《きょせい》。

彼は、顔を上げ、強い眼差しのまま山内に言う。

「ごめん」

そう言った彼を、山内は睨《にら》みつける。

いま、誰が見ても惨めなのは山内だ。自分たちとはちがうという理由で、無条件に排斥《はいせき》するために暴言をぶつけることができていた彼が、変わっていたのだ。

対等な立場である相手に暴言を吐く情けないやつに変わり果てた山内は。

「生まれつき頭狂ってるやつが、普通のふりしてんじゃねえよ」

そう怒鳴って、羞恥を隠すように怒りをあらわにしながら彼に向かって吐き捨てる。

「死ねよ」

山内はたった三文字で相手の心を深く抉れる言葉を当たり前のように人にぶつけられるのだ。

その一秒にも満たない言葉を聞いた瞬間、ここに来てからずっと境界線を張ってこらえてきたものが壊れた。

周辺にいる人たちの〝黒〟が身体の中に入り込んできて、それに加えて山内やその周りの男たちの感じ取れる限りの悪意がどろどろと濁流《だくりゅう》のように流れ込んでくる。

心臓と胃を〝黒〟にわし掴みされて、捻り上げられるような痛み。激痛で命の危機感から額に冷や汗がにじむ。苦しくて、悲しくて、つらくて。この現状から逃げ出したいとばかりに、込み上げてくる涙。

私はとうとう足の力が抜け落ち、がくっと膝から地面に倒れ込む。

残りの体力でなんとか支えていた身体は、私の腕を掴む彼に一気に委ねることになってしまった。

彼が反射的にぐいっと私を持ち上げるように力を込めた。驚いたように私を見下ろし、ぐったりとする私に焦ったように声をかける。

「向葵？」

しゃがみ込んで私の顔を覗き込む彼が見える。

次から次へと〝黒〟が無作為《むさくい》に流れ込んでくるのが、気持ち悪くて、泣きたくて、身体がどんどんそれらの重みに潰されていく。

彼は私の様子に眉間にシワを寄せて下唇を噛むと、私の両腕を持つ。

「は？　俺の話、まだ終わってないんだけど」

山内の声が耳に入ってくる。虚《うつ》ろになる瞳は生理的に込み上げてくる涙でにじんで、頭が揺れるだけで首から下は身体が痺《しび》れたように鈍い感覚しかわからない。

私をおぶる前に彼の声が、ぽつりと聞こえた。

「向葵、ごめんな」

首を横に振りたいのに、その声を聞くことしかできない。

どんどん歩きだす彼に向かって後ろから山内の声が突き刺さる。

「人の話聞けよ。さっき謝ったのもどうせお前の本心じゃねえんだろ。お前頭おかしいもんな、謝るって意味わかんねえよな」

私は、悔しさで涙が溢れ出した。

ちがう、彼はちゃんと山内くんに謝りたくて謝ったのに。ちがうのに。

そう叫んでやりたかったのに、身体は震えて、喉に込み上げてくるのは情けないことに嗚咽《おえつ》だけだった。

彼は何も言わず、私をおぶったまま駅のところまで来る。駅員さんに事情を話し、そのまま改札を抜けた。

彼は私をおぶったままホームへ行くために階段を上る。

大丈夫だよ。下ろして。そう言わなきゃと思うのに、唇が動かない。

彼の背中があまりにも温かくて、優しくて、階段を上るたびに彼伝いに感じる振動があまりにも心地好くて。

その揺れに合わせて、私の中に入り込んできた〝黒〟が、ぽとりぽとり、とこぼれ落ちていく。〝黒〟が身体から落ちるたびに、少しずつ呼吸がしやすくなる。

そうすると思考が正常に動き始めて、あの場で私が何もできなかったことがどんどん後悔という形となって、襲いくる。

本当だったら。あの場面でも、いまこの瞬間も、ふつうの人だったら、私じゃなかったら。彼に「大丈夫？」と声をかけてあげられるはずだ。

むしろ、傷ついているはずの彼に心配をかけさせた。私が倒れたせいで彼は結局、誤解されて最悪な状態のまま山内から離れることになって。

そう思うと、胸が押し潰されそうだった。

「……ごめんね」

シャツ越しに彼の体温を感じる。大きな声ではなかったけれど、祭りのときとはちがい、静かな構内では私の声は十分拾えたのだろう。

「どうして向葵が謝るの？　向葵が悪いことなんてひとつもないだろ」

私をおぶってから、初めて彼が口を開いた。

その言葉まで私を心配するような口調で、さらに自分の情けなさを痛感する。

「俺の方こそ、ごめん。夏祭りに誘って」

ぎゅ、と彼のシャツを掴む。

私がみんなと同じだったら、彼にこんなこと言わせなかった。今年も、来年もきっと当たり前のように夏祭りを純粋に楽しめているはずだ。

ぎゅう、と両手を握りしめて、そのまま同じ言葉を。

「どうしてきみが謝るの？　きみが悪いことなんてひとつもないんだよ」

謝ってほしくないという思いは彼と同じだから。

「お互いさまだ」

そう言って、彼が笑った。その顔は見えない。低い声で小さく笑う彼の音が、彼の背中を伝って私の心臓にとくとくと流れ込む。

顔も名前も知らない他人の〝黒〟や悪意に満ちた山内たちの感情が、彼のゆったりとした歩調に合わせて、一歩ごとにひとつずつ、私の身体から落っこちていく。

駅のホームはまだ夏祭りの最中ということもあり、閑散《かんさん》としていた。

ホームの端までたどり着くと、彼はそこにあるベンチに私を下ろす。

隣に座った彼の額にはじわりと汗がにじんでいる。それはそうだ。私をおぶって暑い夜の街をずっと歩いていたのだから。

静かなそこには、にぎわいの音がかすかにやってくる。私にとってはこれで十分なほどに祭りというのを感じられる。少し離れたところから祭りの音に耳を澄まして、それが私にとってはいちばん楽しめる方法なのかもしれないと思った。

彼が鞄の中からかわいくラッピングした小さな包みを出すと、「これを今日、渡そうと思ってたんだ」と言って私に差し出す。

「ありがとう」

素直に受け取る私に、彼が続ける。

「佐伯さんが女の子を元気づけたいならプレゼントがいちばんだって、それで、何を買ったらいいのかわからないって相談したら一緒に買いに行ってくれた」

「ありがとう……開けてもいい？」

「うん」

シールを丁寧に剥がして中身を取り出すと、そこには向日葵をモチーフにしたシュシュが入っていた。

じっとそれを見つめる私に、隣の彼が口を開いた。

「店長がさ、ゴッホが向日葵を好きなのには理由があるって言ってただろ？　それで、調べてみたんだ。向日葵は太陽の移動に合わせて花の向きを変えることから『日廻《ひまわ》り』って呼ばれてるだろ」

そう言いながら、彼は左の手のひらに右手の人差し指で、〝日〟と〝廻り〟という字をゆっくりと私にわかるように書く。

「向日葵の学名、ヘリアンサスは〝太陽の花〟っていう意味。太陽を神の象徴にしたとき、向日葵は神に向かって成長する信仰《しんこう》の徒《と》にたとえられる。ゴッホはそれを自分に重ねたんだ。人の役に立つことを目指したゴッホだからこそ、向日葵を選んだんだと思う。向日葵は本来、観賞用の花っていうよりも、馬の飼料や、種から油が搾《しぼ》り取れる〝農民の花〟として人々の役に立つものだったからさ」

彼は私の手の中にあるシュシュに描かれた向日葵を見つめながら続ける。

「ゴッホにとって向日葵は〝愛〟であり〝感謝〟であり、大切な人を包み込むための象徴だったんだ」

「……そう、だったんだ」

私がゴッホについてわかっているのは、アルルに向かったところまでだ。その中ではまだ、彼の『ひまわり』という作品は描かれていない。

他人に自分の気持ちを理解されず、孤独に潰されてしまいそうな彼は、それでも、愛や感謝、大切な人を思う気持ちを『ひまわり』に託している。

「〝美しい景色を探すな。景色の中に美しいものを見つけるんだ〟」

彼がぽつりと呟く。視線の先には、向日葵のシュシュ。

「ゴッホの言葉の意味を、俺なりに理解できたのは、向葵がありのままの俺を受け入れてくれたからだ」

力強い言葉をこぼした彼は、少しの間を空けてから、そっと、何気ないことを吐き出すように呟いた。

「向葵はやっぱり、向日葵に似てる」

そう言って、彼がふわりと笑った。

夏祭りの音は相変わらず風に乗って耳に届く。

「……俺は、ふつうの人にはなれないのかもしれない」

私は、無意識に、ぎゅ、と握りしめた手の力を緩めていた。じんわり、と指先に血が駆け抜けていくのを感じる。

もしかして、さっきの山内たちとのことを引きずっているのだろうか。そうだとしたら、彼がふつうになるチャンスを、私が台無しにした。

いま、彼にそう言わせてしまっている原因が、もしも私だったら。

何も言えずにいる私に、彼は穏やかな声で続けた。

「でも……いや、ちがうな。だから、俺は頑張りたい」

そう言った彼の顔はどこかすがすがしい表情だった。

いま、ほんの少しだけ見える彼の瞳は、誰よりも優しくて強くて眩くて、ふつうの人よりもずっとうんと強い輝きをしていた。

彼がみんなと同じになるチャンスを、私が足を引っ張ってふいにした。そう思っていた。でも、たぶん、いまの彼に私なんか関係ないのかもしれない。

どうしてふつうの人になりたがっていた彼が、そうなれなかったとしてもまだ頑張りたいと言えるのかが、わからなかった。

ただ、確実に言えるとすれば、私と彼の差はあまりにもはっきりと、開いてしまっている、それだけだった。

第八話

一八八八年二月、南仏アルルに到着したゴッホ。浮世絵の明るい色彩に魅了されたゴッホは、遠い日本に憧れを抱く。ゴッホが想像する日本は陽光に包まれた国だった。そんな彼にとってアルルはまるで日本にいるようなものだったのだ。

パリ時代にはモデル代を節約するために自画像ばかりを描いていたゴッホだが、アルルでは人物画をもっと描きたいと思うようになる。しかし、もともと人付き合いが苦手であり、住民たちから『風変わりな異国の画家』と見られていたため、アルルにやってきて四ヶ月経ってもモデルは見つからなかった。

たったひとりでアルルの風景画を描く孤独な日々を送り、ようやくモデルを見つけてもゴッホ自身が納得のいく作品が描けずにいた。

そんな中で、ゴッホが出会ったのが郵便配達夫として働くジョゼフ・ルーランという強烈《きょうれつ》な共和《きょうわ》主義者で、やはり住民から疎まれていた男だった。

ゴッホはアルルでようやくルーランという友人とモデルに出会うことができた。

頑張れ、頑張れ、頑張れ。

いつの間にか、心の中をそんな言葉が支配するようになっていた。

頑張れば、私だってふつうになれる。頑張らなきゃ、もっともっと。

そう自分自身に言い聞かせるようにしてからというもの、私は周りと同じように何でもないことにも、よく笑うようになった。テンポの速い会話も、頭で言葉を考えるよりも先に口に出すようにして、その言葉が単調だとか乱雑だとか、そんなことはみんなが気にしていないのなら、私も気にすべきではないと自分に言い聞かせる。

笑う回数が増えて、言葉を口にする回数が増えて、頑張れと自分に言い聞かせる回数が増えた。

蒸し暑い体育館のステージの上、数人の女子で固まってそこに座る。今日の授業内容はバスケの試合だ。

体育は男女別の二クラスで編成される。四チームできた女子のうち、二チームが先に試合を始める。

「ちょっと、今のシュート見た？」

「見た。やばくない？」

「ちょっと真似してよ」

くすくすと笑う私と同じチームの子たち。ステージにあぐらをかいて座っていた子がひとり立ち上がり、先ほどゲームでシュートをした女の子の真似をする。思い切り変な格好の部分だけを強調して、お腹を抱えてそのまま笑う。みんなもげらげらと大きな声で笑う。

彼女たちに〝黒〟は見えない。人をばかにして心から楽しんでいる証拠だった。

審判をしている体育教師の注意も無視だ。夏美はめずらしく笑わず、むしろその集団の中には存在しながらも、試合をじっと見ていた。

「ねえねえ向葵、ほら見て」

隣の子がばしばしと私の肩を叩く。彼女が指さした方を見ると、その子がもう一度、真似事を繰り返す。ぶはっとみんなが吹き出しながらステージの上で笑い転げる。〝黒〟は一向に見えてこない。私も一緒になって、笑顔をつくる。でも、全然、楽しくないのはなんでだろう。むしろ、〝黒〟に似た嫌な感情が、心の底に積もっていく感じがするのはなぜだろう。

「はあー、笑いすぎて、お腹痛い」

そう言いながらステージにそのまま寝転んだ隣の子と目が合う。

頑張らなきゃ、頑張らなきゃ。私が感じる気持ちよりも、みんなが抱える気持ちの方が大多数で、正しいのだから。

「ほんとだよね」

そう言って、私は笑いたくもないのに、笑った。

体育の授業が終わり、女子更衣室に戻るまでの廊下を歩く。私の前に、シュートをばかにされた子が歩いていた。肩を丸めて、小さな歩幅で早歩きをしている。運動が得意じゃないといっても、一生懸命やっていたことに変わりはないはずだ。

その子の背中を見ていたら、みんなで彼女を笑った瞬間を思い出した。そのとたん、気持ちが悪くなって、胃の奥がキシキシと痛みだす。

頑張れ、頑張れ。こんなの、平気だ。頑張れ。頑張らなきゃ。

頑張らないと、彼に置いていかれてしまう。

「ねぇ、向葵」

無意識のうちにお腹に手を当てていた私に話しかけてきたのは、夏美だった。

隣を歩く夏美の顔に、笑顔はない。どちらかといえば、冷たい表情だ。夏美は私と目が合うと、怪訝な顔をして言った。

「最近の向葵、なんだか〝らしく〟ないよ」

胸に穴が空いた。そんな気がした。夏美の言葉が図星だったから、苛立った。

どんなに的を射たことを言われても、私は浅くなる呼吸を止めることはできない。らしくない。知ってる。だから頑張ってる。だってそうしなきゃ、私はひとりぼっちになっちゃう。誰にも理解されずに孤独でいることなんて、もうしたくない。

そんな思いが、震える声に合わさる。

「……私らしいって何？　ふつうになろうって思うことって、そんなにおかしいかな」

震えた声が、今にも泣いてしまいそうな声が、情けなくて。

目を見開いて驚いたような顔をする夏美を置いて、私は逃げるように女子更衣室へと走った。

頑張れ、頑張れ、頑張れ、頑張れ。

「向葵ちゃん、顔色悪くない？」

「そうですか？　元気ですよ！」

「そう？」

にっこり笑えば、店長は少し心配そうな顔をしながらもお冷やを注いで、ほかのお客さんの元に行った。

今日はバイトが二時までと言っていたから、あと少しで彼も来るだろう。それまでゴッホの本を読みながら待つ。出口のないいまに、答えが早く欲しかった。

ゴッホはアルルで画家たちとの共同生活を考えた。『黄色い家』を、多くの画家がともに仕事をするアトリエにしようという夢があった。自分の部屋は質素なのに対し、『黄色い家』に招く友のために、椅子を十二脚も買い、来客用の布団、鏡、寝台を用意した。大勢の仲間たちがやってくると希望に満ちていた。

ゴッホにとってもっとも明るく幸福感に満ちた傑作の数々が生まれたのがアルル時代だった。

「向葵」

低く凛とした声。追いかけていた文字から顔を上げる。

「ここ座っていい？」

「うん。おつかれさま」

目の前に座る彼の肌は、少し日に焼けている。店長が計画を立てて、この間喫茶店の従業員みんなでバーベキューをしたらしい。

楽しそうにその話をしてくれる彼に微笑んで相づちを打ちながら、私の中でぽっかりと空いた穴がゆっくりと広がっていった。それを埋めるように、頑張れ、の言葉が降り注ぐ。

「どこまで進んだ？」

私が手にする本を指さし、彼が訊ねる。彼はもうとっくに最後まで読んだらしい。早く彼に追いつこうと思うものの、なかなかページが進まずに時間ばかりが経ってしまう。

「ゴッホが黄色い家をつくろうとしてるところだよ」

彼が何か言おうと口を開いた瞬間、「ナナ」と誰かが彼を呼んだ。ふたりで声のした方へ顔を向けると、そこには中肉中背の男性が立っていた。

「おつかれさまです」

彼がぺこっと頭を下げる。にこやかな笑みを浮かべて、こちらにやってきた男性と目が合ったので、私も慌てて頭を下げた。

「これ、こないだのバーベキューで言ってたやつ」

「あ、ありがとうございます」

男性が彼に紙袋を手渡す。

「面白くなるのは三巻からだから、そこまでは絶対読んで」

「一巻と二巻は面白くないんですか」

「二巻までの伏線《ふくせん》を三巻ですべて回収するという、もはや博打《ばくち》を仕かけたまさにマイナー作品なだけ」

「なるほど」

男性は終始にこやかな表情を浮かべたまま去っていった。彼は紙袋を大切そうに抱えたまま私の方へ向き直る。

私は先ほどの男性を見るのは初めてだったので、何でもないことのように「同じ厨房の人？」と聞く。彼は「うん」とうなずいて。

「イノウエさん」と答えた。

イノウエさんって、前に彼がひどく疲れた顔をしながら話をしていた人と同一人物だろうか。私はそんな気持ちをそのまま口にする。

「イノウエさんって、前にきみが言ってた人？」

「え？　ああ、そうそう。あれそれこれのイノウエさん」

「でも、仲良くなったんだ」

「うん。俺があれそれこれはわからないって言ったら、それからはめちゃくちゃ具体的に指示出してくれるようになった。店長が上手くまとめてくれたって佐伯さんが言ってた」

「すごいね」

「うん。店長はすごい」

そう言ったきみに、私は「店長もすごいけど」と言ってから首を横に振る。

「きみがすごいと思ったの」

私の言葉に彼はすごいと言われた理由がわからないように首を傾げた。私はそんな彼から視線をそらして、うつむく。その先に、手首に付けられた向日葵のシュシュ。

頑張らなくちゃ。もっと、もっと、もっと。

彼がもし再び学校に行くことになって、私よりも佐伯さんたちと有意義に過ごす時間が増えて、新しい友達ができて、そうしたら、もう、今のふたりの時間も終わりだ。

彼と一緒にいると心地好い。呼吸がしやすい。心が落ち着く。

彼の隣に今まで通りに居続けるためには、変化する彼に合わせて、私も変わらなくちゃ。

「……私も、頑張る」

うつむいたまま、そう、呟いた。

「うん。向葵、頑張れ」

彼は真っ直ぐな声で私を応援した。

たぶんこの時にはもう、どこかで気がついていた。自分が、頑張り方がわからないまま頑張っていることに。

頑張れ。頑張れ。頑張れ。

そんな自分自身に気がつかないふりをするように、必死で言い聞かせた。

孤独なゴッホを支えていたのは、希望だけだった。いつか大勢の画家仲間が、自分の『黄色い家』にやってきてくれる。ゴッホはそう信じていた。

しかし結局、『黄色い家』にやってきたのはゴーギャンだけだった。そのゴーギャンが訪れるのもゴッホの弟・テオにあった借金返済の代わりとして、さらに『黄色い家』ならばテオの仕送りによって生活できるという打算《ださん》的なものであった。

それでもゴッホはゴーギャンがやってくるのを心から待ち望み、彼の寝室に十二枚のひまわりの絵をかけて迎え入れようと考えた。八月に制作を始めたものの、ひまわりの時期が過ぎてしまったこともあり、ゴーギャンを迎えた十月には四枚しか描けなかった。

ゴーギャンとゴッホの共同生活は、最初は上手くいっていたものの、個性の強いふたりは衝突が多く、夜な夜な行われる芸術議論は激しさを増し、妥協《だきょう》を知らないふたりの仲はだんだんと険悪になっていった。

そして、二ケ月後の十二月二十三日。ゴーギャンに訣別《けつべつ》を告げられたゴッホは、夕食後に散歩に出かけたゴーギャンに対し、カミソリを突きつける。

しかし、ゴーギャンに睨みつけられたゴッホはそのまま何もせずに家に戻り――。


「よっしゃ！」

いきなり大きな声が鼓膜を叩く。急なことに驚いて、不安定になる気持ちを押さえつける。静かに深呼吸を繰り返して、そちらへと顔を向けた。

教室の視線は大きな声を上げた人物へと注がれる。長谷くんだった。

注目の先にいたのは、以前、大音量で音楽を流してしまった、長谷くんたち三人組で。三人はスマホを手にしたまま、周りの視線に気がつくと、おずおずと自分たちの殻《から》に身を隠そうとする。

「はい、朝からうざいのきましたー」

そんな彼らを引きずり出すように投げ出された言葉。それを吐き出した人に釣られるように、みんなが悪意のこもった笑みを浮かべる。

また、だ。あのときと、同じ。

三限目が始まる前の時間が、即座に地獄へと墜《お》ちる。

私の隣の国枝さんの席に座る夏美も、長谷くんたちの方へ顔を向けている。この間の体育の終わりに、夏美に八つ当たりのようなことをしてしまった。それなのに、彼女は何事もなかったかのようにいつも通り私に接してくれていた。

「マジでイライラさせんなよ」

「空気読めないのは顔だけにしてくんね？」

飛び交う悪意のある言葉たち。ひとりのクラスメイトが、長谷くんたちに近づく。何もできずに知らないふりを決め込む長谷くんたちが気に食わなかったのか、ひとりの男子が長谷くんからスマホを取り上げる。

「やめろよ！」と長谷くんが思わず声を上げる。意外にも強い口調だった。それに対して、心底気に食わない顔をした男子が「お前はとりま生きるのやめろ」なんて言って皮肉に笑う。

彼の過激な言葉に呼応するのは笑い声。

変な団結で固まったクラスメイトたちから歓声が上がり、長谷くんのスマホを手にした男子は気持ちが高ぶったのかさらに悪ふざけを重ねる。スマホの画面を見て、吹き出すように笑いながら言った。

「うわ、こいつのSNSやべぇ。【学校つらい】【行きたくない】【死にてぇ】だってさ」

私は無理やり上げようとした口角が、そのまま固まった。

「お前、こんなん呟いても、無駄だって。普通に死ねよ」

取り返そうとする長谷くんの手から逃れるように、その男子は近くにいたクラスメイトにパスする。

次から次へとそれは伝染していく。長谷くんの呟きを読み上げ、それに対して「きもい」「勝手に消えろよ」「お前が死んでも誰も困らねえっつーの」などの言葉が飛び交う教室を、長谷くんのスマホがあちこち行き来する。

私は浅くなる呼吸でその事実を見つめながら、彼のことを思い出していた。

堂々としていて、真っ直ぐで、誰よりも優しくて、そんな彼だったら。

――彼だったらきっと。

「堀田、パス！」

彼の真っ直ぐな瞳を思い出した瞬間、私に長谷くんのスマホが回ってきた。

顔を上げて、教室を見回す。そこには、にやにやとした笑顔と、嫌な雰囲気が蔓延《まんえん》した景色。

長谷くんのスマホが私の手の中にある。みんなの視線が私に集まっている。呼吸が浅くなる。口の中が乾く。視線がさまよう。脈《みゃく》が速くなる。

〝ふつう〟のみんながやっていることと、同じように。

頑張って、頑張って、頑張って、頑張って、がんばって、がんばっ――。

『ゴッホにとって向日葵は「愛」であり「感謝」であり、大切な人を包み込むための象徴だったんだ』

彼の言葉が、ふわりと私の中に舞い降りた。

長谷くんのスマホが小さく鳴った。私が手中にある彼のスマホを見下ろしたとき、手首につけた向日葵のシュシュが視界の隅で咲いていた。

『向葵はやっぱり、向日葵に似てる』

彼はそう言って笑った。

私がいま、周りの人たちと一緒にやろうとしていることは、彼を傷つけた人たちと同じなんじゃないの。

自分がひとりぼっちにならないためなら、誰かが傷ついてもいいの？

みんなの視線が突き刺さる。目まぐるしいぐらいのテンポの良い速さを好む大衆にとって、今の私は興醒《きょうざ》め案件。これを覆《くつがえ》すためには、きっともっと過激なことをしなければならない。

そのとき、長谷くんと目が合った。真っ直ぐと私の元にやってくる。いまにも泣きだしそうな彼が、必死に私からスマホを取り返そうと手を伸ばしている。

同じ意見を持った集団なら、誰を笑っても、弾いても、泣かせても、悲しませてもいいの？

手が震える。

彼や、ゴッホを異端者だとたとえて、いま、私の目の前で長谷くんを追い込んでいるみんなが正統者たちだとたとえて。

——ふつうっていったい、何？

ふつうが持つ正しさって、誰のためのもの？　みんなとちがう人、周りと同じ考え方を持てない人は排除していいっていうのが、横並びの集団の、正しさ？

今まで追い続けていたものが一気に音もなく崩れ去る。虚無。後悔。そんな真っ暗な私の中に、彼の声がよみがえる。

『知らないうちに人を傷つけないような——ふつうの人になりたい』

いま、私の瞳に映るのは、苦しそうな表情の長谷くんだけだった。

ああ、私、やっぱりふつうにはなれない。

「……全っ然、面白くないよ」

自分で思ったよりも、声は低くて震えていた。激しくなる動悸《どうき》を、平気な顔で取り繕って、そっと、長谷くんにスマホを返す。

教室は、しん、と静まり返った。全員の視線が私に釘《くぎ》づけになる。

驚きで訪れた沈黙は、少しずつ、私への敵対心により沈黙になっていく。

私は怖くて怖くてたまらない気持ちを閉じ込めて、口を開く。今まで溜め込んでいた気持ちが爆発するように、溢れ出ていく。

「好きなものを、どうして何も知らない他人に否定されなくちゃならないの？　誰が何を好きでいようと関係ないじゃん」

私の声は決して大きくないけれど、静かな教室には十分響いた。止めどなく、流れ出た感情はマグマのように激しくなるばかり。

「嫌なら気にしなければいいのに、わざわざ誰かの好きを否定して、そういうことでしか楽しめなくなってるならそれこそ終わりだよ」

自分の口からこぼれ落ちた声が、跳ね返って私の鼓膜を叩く。静まり返った教室で嫌でも聞こえる自分の震えた声を目の当たりにして泣きたくなった。

これ以上の言葉を告げる勇気なんてもうなかった。やっと我に返ったように見渡した教室は、自分が思っているよりも冷たく冷え切っていて、まるで嵐の前の静けさのようだった。

「向葵、いま謝ればなかったことにしてあげる」

「冗談にしちゃあ、空気悪くしすぎだから」

「早くみんなに謝って、長谷からスマホ取って、女子トイレにでも置いてきなって」

私の「え？」という声はひどく震えていた。

それは、怖い、という感情よりも、失望が大きかったのだ。みんなに〝黒〟は見えない。私に告げられた言葉は、どれも本当の言葉ということだ。

私の声は、誰にも届かない。それどころか、私はみんなにとって完全に不快なはみ出し者になった。

ふと長谷くんと目が合うが、彼はスマホを隠すように私からも視線をそらした。

「はーい、さっさと席着けー、あれ、静かだな、どうした」

沈黙の中を呑気《のんき》な声が貫いた。何も知らない担任は凍《い》てついた教室に首を傾げるだけ。

「堀田がみんなに言いたいことでもあんじゃね？」

口端を釣り上げたまま、そう言った男子が私を横目で見る。担任は訝《いぶか》し気に私を見つめると。

「堀田、どうした？」

私は担任の言葉に小さく首を横に振った。

「何でもないです」

「そうか。じゃあ出席取るから全員さっさと席着け」

やっと時計の針が進みだしたように、みんながゆっくりと動く。けれど、蠢きだした大勢の敵意は真っ直ぐと私に向けられていた。

ああ、失敗したんだ。間違えたんだ。ばかなことしたんだ。

ゴーギャンに睨みつけられたゴッホはそのまま何もせずに家に戻り――、

「偽善者」

「空気は空気のままでいろよ」

こそこそ、と私に聞こえるように冷たく投げられた言葉。

――そして、ゴッホは、自分の耳をカミソリで切り落とした。

私はとうとうこらえ切れなくなり、自分の荷物を抱えて教室を飛び出した。

学校からずっと走り続け、電車に飛び乗って、日常の中に揺られているのを不意に感じ取って。

スマホケースに入れている定期券で改札を通り抜けようとしたとき気がついた。ブラックアウトしたスマホの画面をつけるが、誰からも連絡はない。

その瞬間、自分がやってしまったことの恐ろしさを沸々と身を持って感じ始め、いますぐ時間を巻き戻して、すべてなかったことにしてしまいたくなった。

電車の中で、制服を着ているのは私だけだった。真っ青な顔をしているであろう私を、ときおり車内に乗り込んでくる他人がちらりと見てきたけれど、もうどうだってよかった。

気がついたら美術館に来ていた。

喫茶店がある道を通り過ぎたときに、少しだけ迷ったけれど、今は、彼や店長たちに会っても上手く表情をつくれる自信がなかった。

ひとりで、美術館のいちばん奥にあるソファーに座り、ゴッホの『ひまわり』を眺める。

あまりにも温かい向日葵に、胸の奥がじわりと何かでにじむ。黄色が眩いほどに綺麗で、とくとく、と、心に押し込めていた気持ちが黄色い花とともに血液を流れて、皮膚を通して、外に流れ出ていく。

口を開けて呼吸をしたときに、小さな雨粒のようなものが唇からこぼれ落ちてくる。

それが舌に触れて、海の水に似てしょっぱくて。

「うっ……」

そのときようやく初めて自分が泣いていることに気がついた。

自覚すると涙腺《るいせん》は決壊して、熱い涙が途切れることなく瞳の縁から溢れ出て、頬を伝っていく。嗚咽が漏れて、乱れる呼吸のせいで肩が震える。

心には焦燥感しかなかった。取り戻せない過去に、不安ばかりだった。

ここにきて、どれくらい経ったかはわからない。涙は涸《か》れ切ったあとで、けれど心にぽっかりとできた穴が埋まらない、それくらいの時間だった。

いったい、どうすればよかったんだろう。

頑張ろうと、もがいた。頑張れって言い聞かせ続けた。でも、結局、ダメだった。

いったい、どうしたらいいの。どうすればいいの。どうしたらよかったの。私は、何をすればいいの。どうすれば正解なんだろう。

そう思い始めたら、『ひまわり』を見るのが怖くなっていた。

私はやっぱり向日葵なんかじゃない。あんなふうには咲けない。

静かな美術館に、少しだけ息が上がったような声が耳に届くのとほぼ同時に「向葵」と私の名前を呼ばれた。

私が振り返る前に、隣に誰かがやってきた。

「隣、座っていい？」

彼だった。私にそう訊ねる彼は額に汗をにじませている。

「なんで……」

なんできみがここにいるの。そんな思いの欠片《かけら》が弾けた。

私の方を向いた彼が「何？」と首を傾げる。一度、私の顔を見た彼は、驚いたように目を見開いた。

「なんで泣いてんの？」

眉間にシワを寄せた彼の言葉に、私は慌てて首を横に振る。

「なんでもない」

洟をすりながらそう言えば、彼は「そっか」と言いながら顔をそらした。目の前の『ひまわり』を見ながら、言う。

「佐伯さんが、美術館に入っていく向葵を見たって教えてくれたから、バイト終わってすぐにここに来た」

彼は真っ直ぐと『ひまわり』を見つめ続ける。私はうつむいたまま、そっと乾き切った唇を開いた。

「ゴッホが、耳を切り落としたところまで読んだよ。私も耳なんか切り落としちゃいたいって、今日、思った」

思い出すのは、たくさんの悪意に満ちた本音。理解されなかった自分の気持ち。彼は何も言わない。私は、ぽたぽたと、雫が不定期に落ちるように言葉をこぼしていく。

うつむいた先、涙でわずかに濡れた向日葵のシュシュ。

「……私はやっぱり向日葵にはなれない。私に向かうべき太陽なんて、どこにも見えない」

もう、どうしたらいいのか、わからなくなってしまった。

彼との差がどんどん開いていって、近づこうともがいたのに、むしろ私は自分の首を絞めただけだった。

頑張ったはずなのにな。彼の隣に並べるように、私だって、頑張ったはずなのにな。空回りだった。間違えた。でも、じゃあ、どうすればよかったのかな。

もうわかんない、何にも。

「ふつうって、いったい、何なんだろう」

私の悲しみの果てにこぼした呟きに、彼がわずかに何かをためらったのがわかった。

「向葵は、どうしてもふつうになりたいの？」

ゆっくりと紡がれた彼の言葉。予想していなかったその内容に、私はあからさまに驚いてしまった。彼は、どうして私にそんなことを聞くのだろう。

——私には、無理だって思っているのだろうか。

最後の砦《とりで》であった場所にぽっかりと穴が空く。そこに隙間風が吹き抜ける。傷口に冷たい風が触れるように、つん、と痛みが走る。

私はうつむいたまま、ぎゅうっとスカートを握りしめ、声を絞り出す。

「きみにはわかんないよ……私の気持ちなんて！」

感情を押し殺しながら、瞳を持ち上げ、彼を見る。

彼は今までにないくらいに驚いた顔をして、戸惑っていた。そんな顔をさせている自分の情けなさが棘となって、唇から落ちる。

「迷わず前に進んでいくきみには、私のことなんてわかるわけない」

弱々しい声とともに立ち上がり、私は足早に彼の元を去った。

深い深い後悔に呑み込まれる。胸に押し寄せてくる激しい後悔。

私は私のせいで、求めていたふつうも、特別な居場所も、失う。

第九話

【担任には誤魔化しといた。向葵のこと待ってる】

翌朝、目を覚ますと夏美からそんな連絡が入っていた。

内心では、夏美が連絡をくれたことにとても安堵していた。それでもその他大勢の人たちから向けられた敵意の視線を思い出し、私は胃の痛みでベッドから出ることができなかった。

結局学校を休み、誰もいなくなった家でひとり時間を潰す。SNSは開けなかった。それでも何も考えていないと、どうしても昨日の出来事を思い出してしまうため、逃避のためにゴッホの本を開く。

ゴッホは切り落とした耳をなじみの娼婦《しょうふ》に手渡し、アルル中が大騒ぎになった。ゴーギャンはその日のうちにパリへと帰ってしまう。テオがゴッホの元へ駆けつけたときには、自宅で血まみれのまま眠るゴッホを警察が病院に運び込んだ後だった。

ゴッホは退院して『黄色い家』に戻るものの、耳切り事件の後、人々は冷淡になり、隣人も警察も町長も、子供までもが、ゴッホを苦しめた。

ゴーギャンの不在、テオの婚約、また唯一の友人であったルーランの転勤など、ゴッホはさらに孤独に追いやられ、激しい発作に苦しむようになった。

そうしてゴッホは住民たちの嘆願により再び病院に収容されてしまう。

結婚するテオに負担をかけまいと、入退院を繰り返した。ゴッホはサン・レミにある療養院《りょうよういん》に自ら入院する。発作に苦しむ中、ゴッホは正気に戻ったときに絵を描き上げる日々を送るようになった。ここで描かれた院内の風景や植物、糸杉、オリーブなどは明るい色彩ながら形は歪み、彼の心の動揺が表れているようだった。

私はベッドからゆっくり起き上がり、そっとティッシュの箱に手を伸ばす。涙で本を濡らしてしまう前に、ちゃんと拭わなければ。

昨日あれだけ泣いたのに、一度寝て日をまたぐと涙のタンクはきちんと溜まるらしい。それに比べて、私のぽっかり空いてしまった穴は一向に塞《ふさ》がらない。

ずっと洟をすすり、しっかりと涙を拭ってからもう一度、ゴッホの生涯を綴った本の活字を追いかけていく。

ゴッホの激しい発作はテオの妻・ヨーの妊娠や、子供の誕生の知らせを受けたときに起こった。それでもゴッホは子供の誕生祝いに『花咲くアーモンドの枝』を贈った。

この作品と同時期に描かれた『星月夜』や『糸杉と星の見える道』といったゴッホ特有のうねりとはちがい、『花咲くアーモンドの枝』は瑞々《みずみず》しく優しさに溢れていた。

ゴッホは正気と狂気の狭間《はざま》でその作品を描き上げたのだ。発作を繰り返すゴッホのために、テオは芸術に理解の深い医師ガシェに兄を託した。ここが、ゴッホが最期を迎える場所になるオーヴェル・シュル・オワーズという地だった。

しばらくの間、制作に没頭できていたものの、ゴッホの心はあまりにも脆《もろ》いものになっていた。

テオの子は自分と同じ「フィンセント」の名を持ち、ゴッホにとってそれは自分の生まれ変わりのような気さえし、孤独を深める。

さらにパリで疲弊し窮乏《きゅうぼう》にあえぐテオの姿を見て、自分自身が長年テオに負担を強いていたことを痛感する。

そうしてオーヴェルにやってきて二ヶ月が経った頃、ゴッホは小銃で自らを撃ち、その二日後にテオに看取られながら死去。一八九〇年、フィンセント・ファン・ゴッホは三十七歳だった。

ゴッホは死の間際、テオに「偉大な画家になりたかった」と弱りきった中で打ち明けた。

そうして生涯兄のゴッホを支え続けたテオも、ゴッホの葬式《そうしき》中に倒れ、半年後にあとを追うように亡くなった。テオの妻・ヨーは、息子・フィンセントとともにオランダに戻り下宿屋をしながら、当時はガラクタ同然だったゴッホの作品を大切に管理し、テオとゴッホの文通およそ八〇〇通にものぼる手紙を整理し、出版に尽力《じんりょく》した。そしてヨーの計らいにより現在、テオの墓はオーヴェルにあるゴッホの墓の横に移されている。

『永遠に一緒にいられるように』と。


結局、瞳から溢れ出した涙の粒は、本の最後のページに染みをつくった。

ぱたん、と本を閉じる。

あの美術館でゴッホの『ひまわり』を見て、ゴッホについて知りたいと思って、こうして自分なりにゴッホについて知ろうとした。彼の生涯をひと通りなぞった。

それでも、どうしても。

なぜ、彼が自殺してしまったのか。

表面上ではわかっても、心の奥底ではわからなかった。言葉通りにゴッホの自殺を受け止めてしまうのはあまりにも軽薄なように思えて、かといって、私がゴッホの何を理解できるのだろうと自問してしまう。

日々膨らむ孤独に耐えられなかった。ひたすら自分を支えてくれていたテオの重荷にはこれ以上なりたくはなかった。だから自殺をした。

そうなのだろう。きっと、そうなのだ。そう納得したいのに、どうしても、本当に

がった。

そうなのだろうか、と思ってしまう。

ぐるぐると永久に追いかけ回る答えのない問いに、ふ、と自分の気持ちが浮かび上がった。

私はベッドの上に仰向けになったまま、右腕を閉じたまぶたの上に乗せる。

「私は、ゴッホに、自殺なんて、してほしく、なかったんだ……」

それがすべてだった。私が今さらそれを言ったところでどうこうなるものでないことぐらいわかっている。それでも、私は、ゴッホに自殺してほしくなかったのだ。

だって、ゴッホが誰よりも人から理解されたいと望む寂しい人で、画家時代に限らず常に〝人の役に立つもの〟であることを目指した人で、孤独のなかでも〝愛〟と〝感謝〟を『ひまわり』に託して描くような人だったから。

ゴッホは、幸せだったのだろうか。生きているうちに、幸せだと何度思えたのだろうか。

洟をすすり上げ、上半身を起こす。たっぷりと水を注ぎ込まれたように頭が重い。鈍い痛みが押し続けた鍵盤《けんばん》のように響く。ぼんやり、と視界が輪郭のないように歪む。

そのとき、充電器に差しっぱなしにしていたスマホが鳴る。そっと手を伸ばし、確認すると。

【優一が自身のお客第一号である向葵ちゃんに、こないだ学校の授業で作った陶芸《とうげい》作

品、その名も『スコップ』という名の異形《いぎょう》のコップをプレゼントしたいそうです。お店に来てね】

なんていう明るい文面を送ってきたのは店長だった。喫茶店の公式メッセージで堂々と送ってくるあたりさすがだ。返事を考えあぐねていると、さらにメッセージが送られてくる。

【あいつも向葵ちゃんと話がしたいと言ってます。要領《ようりょう》悪くて、ときどきアホだけど、根はとっても良いやつだから、向葵ちゃん、信じてあげてね】

きっとこれが、本当に伝えたいことだったのだろう。

私は昨日の過ちを後悔しながらも、きちんと彼に謝ろうと決意し、店長に返事を打ち込んだ。

腫れた目を隠すようにキャップを被り、喫茶店に向かう。

電車の中で【明日行くね】と夏美に返事をする。授業中にもかかわらず、すぐに既読がついて【待ってる】と言葉が返ってきた。

少しの緊張を孕ませながら、喫茶店の扉を開ける。

「いらっしゃ、おー、向葵ちゃん」

出迎えてくれたのは佐伯さん。営業スマイルからすぐに弾けたような笑みに切り替わる。いつもの席が埋まっていたのでちがう席へと案内してくれた。そこはゴッホの『ひまわり』の複製原画が飾られている壁際のテーブルだった。

佐伯さんはメニュー表を私に渡しながら、そっと自分の目元を指さした。

「女の子の泣き腫らした顔見ると、俺までつらくなっちゃう」

心配そうに静かな笑みを浮かべて言われた言葉に、私は「ありがとうございます」と頭を下げる。佐伯さんに〝黒〟が見えないことは、胸を見なくたってわかる。

アイスココアを頼み、佐伯さんが厨房へと向かう前にぽつりと呟く。

「ナナも、向葵ちゃんのことすげぇ心配してた」

私は佐伯さんの背中に、何度もうなずいた。

アイスココアが運ばれてきても、私はそれを口にせず、ただひたすら壁に飾られたゴッホの『ひまわり』を眺める。初めてこの絵を見たときとは、全然ちがうふうに映り込む。それはわずかでもゴッホの人生に触れたからだ。

向日葵は、前よりも切なく、悲しく、だけど、やっぱりそれ以上に、温かく、優しく、力強く咲いていた。泣きたくなってしまうくらいに。

しばらくの時間を、絵を見つめ続けることだけに費やしていれば。

「向葵」

と、私を向日葵の中から現実へと引き戻す声が聞こえた。

顔をそちらに向ければ、昨日ぶりの彼だった。表情が硬い。そんな彼を見て、私は無意識のうちに「ごめんね」と口にしていた。

彼は驚いた顔をして、「ここ、座っていい？」といつもより少しだけ緊張したように訊ねる。うなずいた私を見て、そっと椅子に座ると、彼は口を開いた。

「向葵の気持ち、わかってやれなくて、ごめん」

彼の言葉はとても真っ直ぐだった。予想もしていなかった言葉に、私は固まる。

完全に私の八つ当たりなのに。彼が自分を責める必要なんて微塵もないのに。

「ちゃんと悪いと思って謝ってるんだ。でも俺はまた、きっと、向葵の気持ちを察することができなくて、向葵を傷つけることもあると思う」

背筋を伸ばした彼が、わずかに自責を込めたように眉をひそめた。それから、まばたきを繰り返し、一度、私の瞳を射抜く。そうして目をそらしてから口を開いた。

「だから、俺の前では向葵には向葵のままでいてほしい。無理したり、我慢してほしくない。俺はそんな向葵を見抜いてやることができないから……」

私は空っぽのままの心を、彼にそっと投げかける。

「本当の私は、空っぽで、弱虫で、欠点だらけで、きっと、そんな姿を見せたらきみに嫌われちゃう」

下唇を噛みしめる私に、彼は迷うことなく言う。

「向葵の欠点は向葵にとって、不十分で足りないって意味なのかもしれないけど、俺にとって向葵の欠点は、向葵の〝欠かせない点〟なんだ」

彼の声が、波の音のように静かに胸に流れ込んでくる。私の空っぽになった心に染み込んでいく。

「だって、向葵の欠点がなかったら、俺の欠点がなかったら、俺たちはあの日、あの場所で出逢ってないと思うんだ」

空っぽの心が、少しずつ、何かで埋め尽くされていく。それは温かくて、優しくて、力強い。さっきまで見ていた『ひまわり』に似ている。

彼がそっと横を向いた。視線の先には壁に飾られたゴッホの『ひまわり』。彼はその絵を見つめたまま。

「いつも満開でいる必要なんてない。無理して咲いたってきっとつらいだけだ。疲れたときはこの端っこの向日葵だっていい。楽しいときはいちばん上で咲く向日葵になればいい。全部同じ咲き方をした向日葵が描かれていたら、きっと向葵も俺も、たくさんの人も、この絵に惹かれることなんてなかった気がする」

彼の瞳が絵を見つめる先で優しく細まる。私の視界が、じわり、と涙でにじむ。

「俺は、俺の知ってる向葵全部ひっくるめて、それでもやっぱり、向日葵に似てるって思うんだ」

笑顔のまま、彼の言葉が、真っ直ぐと私に降り注ぐ。最初から彼は変わっていなかった。泣いている私のことも、落ち込む私のことも、どんな私のことも、ひとりの私として受け止めてくれていた。

少し冷静になって、ゆっくりと見てみればわかることだった。

止めどなく涙がこぼれ落ちる。彼が慌てたように立ち上がり、店にあるティッシュの箱から物すごい数のティッシュを抜き取り、私に差し出した。あまりにも真剣な顔で大量のティッシュを渡すものだから、私は思わず笑ってしまう。

涙を拭いながら、洟が詰まって、濡れた声で、言う。

「ありがとう。本当に、ありがとう」

ぽっかりと空いた穴は、いつの間にか、彼の言葉が、優しさの粒子になってそこをすべて埋め尽くしていた。私はゆっくりと呼吸をしながら、情けない声のまま続けた。

「昨日、クラスで、たぶんふつうじゃないことをした。でも、きっと私にとってはやるべきことだった」

彼に置いてけぼりにされたくなかった。きみの隣に並びたかった。でも最初からわかっていた。周りに染まろうとするたびに、心の中で拒絶反応が起きていたこと。彼がふつう以上に眩しくなっていくことも、追いつけないってどこかで薄々、理解できていたことも。それなのに無理をした。それで、失敗した。

自分がいったい、あの空間をどうしたかったのか。

集団のうちのひとりになりたいと言いながらも、何ひとつそのことについて理解もなく、自分のこともわからず、そのくせ、あがくだけあがいては自滅した。

いま思えば情けない。その思いが素直に外に出ていく。

「昨日、きみが『どうしてもふつうになりたいの？』って言ったでしょ？」

彼の隣にいる自分が消えていくイメージが浮かんでは消える、の繰り返し。彼が「うん」と言いながらうなずく。

顔を歪めたまま、諦めの言葉を紡いだ。

「ちがうんだ。私はどうしてもふつうにはなれない。前に進むきみとちがって、私はもう、頑張れない」

夏祭りの後、彼が希望を語ったものとは正反対の言葉を吐き出した。

居場所を手放そうとしたとたん、私はたったひとり、取り残されたような気がした。

怖くて、ぐっと下唇を噛みしめた。

そんな私の頭に、彼の手が乗った。不意打ちなそれに驚いて見上げれば、私を見下ろした彼と目が合う。瞳の奥は不器用で、それでも陽だまりのように温かい眼差しがあった。

「うん。向葵はもう頑張らなくていい」

彼の言葉に、心の奥の深い部分で、ほっと息を吐いている私がいた。本音だった。もう頑張らなくていい。もう無理をしなくていい。

頑張らなくちゃ、もっと、もっと。そんな呪縛《じゅばく》を自分に強いてきた幻想《げんそう》が、彼のたったひと言に溶けて、消えた。彼からの「頑張らなくていい」という言葉はいままで私にかけられたいろんな人たちの言葉のどれよりも優しい響きをしていた。

ふつうになろうと彼に追いつこうともがいているときの私はきっと〝真っ黒〟だったに違いない。

でも、長谷くんのことでクラスのみんなに言葉をぶつけたときの私に、〝黒〟の要素なんてなかった。あれが、本当の私だった。

他人から〝黒〟や悪意をぶつけられるのは苦しい。でもそれ以上に私は自分に嘘を吐いて誰かの傷を見ないふりする方が苦しかった。

あのとき、彼のくれた言葉が〝私〟を引きずり出してくれたのだ。

〝黒〟のない、眩しいくらいに真っ直ぐな彼。

彼は私から手を離し、口を開く。その目は、話すことに集中するためにテーブルの木目へと移っていた。

「俺も世間一般になろうってあがいているときは自分を見失ってた。でも、向葵と出逢って、変わってる俺を受け入れてもらえて。前に、俺が嫌われることに慣れたって話をしたときに向葵が、麻痺しちゃっただけだって教えてくれただろ」

以前の記憶を思い出し、そっとうなずく。

「いまは少しだけ変わってさ、〝自分を受け入れてくれる人がひとりでもいればいい〟って思えるようになったんだ。そしたら不思議と前よりもずっと周りが気にならなくなった。……いまはただ、俺を受け入れてくれた向葵の力になりたいって思う」

ふわり、と鼻の奥に薫ったのは、珈琲の匂い。店内に充満《じゅうまん》する優しく、凛とした気高い香りに、無意識のうちに胸がきゅっと締まる。

「〝虫だって光の好きなのと嫌いなのと二通りあるんだ！　人間だって同じだよ、みんながみんな明るいなんて不自然さ〟」

そう言って、彼が『ひまわり』を見た。彼の急な言葉に「え？」ときょとん、としてしまった。そんな私に、彼がこちらへ視線を向ける。それからそっと『ひまわり』を指さして、言った。

「ゴッホの言葉だよ」

「……そうなんだ。知らなかった。素敵な言葉だね」

「うん。俺もそう思う」

私が無理して明るい生き物になろうとしていたのは、不自然だった。だから、夏美も私に『〝らしく〟ないよ』と言った。店長も佐伯さんも、彼も、私を心配してくれている。

彼が穏やかに目を細め、微笑んだ。

「俺たちには、俺たちの生き方がある」

彼の真っ直ぐな言葉が、すとん、と胸に落ちた。乾いた唇をそっと舐めたら、涙が染み込んだようなしょっぱい味がした。

私はもう一度、『ひまわり』を見つめる。

私には、私の咲き方がある。私らしい、私だけの、生き方がある。

「うん。私はきみと一緒に、自分らしさを見つけていきたい」

真っ暗だった心に、初めて、私らしい向日葵が咲いた瞬間だった。

深呼吸を繰り返す。もう、何度目だろう。朝起きて、学校に来るまでの間に少なくとも二十回は深呼吸をした気がする。

昇降口にたどり着き、クラスメイトに会ったらどうしようと胸が騒ぐ。

怖くないと言えば嘘だった。怖くてたまらないのが本音だ。

上履きに履き替えているときに、クラスの男子がやってきたが、私と目が合っても何事もなかったかのようにそらして行ってしまった。敵意に満ちた冷たさが刺々《とげとげ》しく突き刺さる。一気に胃がきりきりと痛みだす。気持ちを落ち着かせるように再び深呼吸をし、足を進める。

いま、ここにいないけれど、私のことを理解してくれる人が私にはちゃんといる。それが心の支えになり、私は止まることなく教室にたどり着いた。

教室に入り、周りが私を捉えると、騒がしかった教室は静かになった。教室に蔓延するのは、私への敵意ばかり。

いままでだったら、こんな敵意を向けられた瞬間それらの感情が止めどなく身体の中に入り込んできて、私はすぐに保健室行きだっただろう。

だけど、彼が教えてくれたから。この欠点は私にとって、欠かせない点でもあるということを。

私は深呼吸をしてから、背筋を伸ばし、自分の席に行き、座る。

空気はとても張り詰めていた。それをいつも通りの声で破ったのは、数分後に教室へやってきた夏美だった。

「おはよう」

夏美は教室に入ってくるなり、鞄を抱えたまま国枝さんの席に座る。びっくりしたまま夏美を見て固まる私と同じように、周りも夏美に驚いた視線を向けている。

夏美はみんなとはちがって周りに聞こえるようにはっきりと、私に届くようにゆっくりと言う。

「向葵、おはよう」

そう言って、頬杖をついて欠伸をしては笑う夏美。私は戸惑いつつも「おはよう」と返す。何も変わらない夏美の態度に、どっと安堵が身体中に流れ込む。

しかし、夏美の周りに押し寄せてきた数人の女子は昨日までとは打って変わり、悪意や意地悪を身体の周りに光らせている。

「ねえ、夏美、なんで？」

夏美を囲った女子たちは口々に同じ言葉を口にする。話の核心は口に出さずともそれが私に対するものだということは痛いほどわかる。

私は思わず目を伏せた。痛いものは目にすると、もっと痛い。

「何が？」

夏美が面倒そうにそう吐き出す。すると周りの子たちは「だって」「昨日の」「堀田さんが」とぽつぽつと不満げに口を開く。

夏美はそんな彼女たちに何も言い返さずにいたが、不意に「あ、長谷」と声を上げた。夏美の声に釣られるように顔を上げると、教室に入ってきたばかりの長谷くんがいた。いきなり夏美に名前を呼ばれて委縮《いしゅく》したように、怯えた瞳を彷徨《さまよ》わせている。

夏美は教室の後方、国枝さんの椅子に座ったまま、長谷くんに大きな声で言う。

「長谷、昨日はごめん」

「え？　あ、いや」

しどろもどろになる長谷くんを置き去りに、夏美は私の方を向く。夏美の心臓のあたりに〝黒〟はない。彼女は、心から優しい人だ。真っ直ぐと私を見つめ、口を開く。やっぱり、夏美と彼は、似ている。

「向葵もごめん」

私は慌てて首を横に振りながら、「私の方こそごめん」と返すと。

「え？　今回のことで向葵が謝るようなこと何もなくない？」

当たり前のようにそう言い切った夏美と、彼がまたリンクする。そのおかげで強張っていた気持ちが少し解《ほぐ》れる。

「いや、言い方とかが、きつかったかなって――」

次に私の言葉をさえぎったのは、長谷くんとよく一緒にいる男の子だった。

「堀田よりも、みんなの長谷に対する言葉の方がもっとひどかったよ」

未だに少しだけ周りを気にしながらも、彼は真っ直ぐと言い切った。

教室の雰囲気がわずかに揺らぐ。統制を失ったように、周りに合わせるために右往《うおう》左往《さおう》するみんなの中で、夏美や長谷くんの友達ははっきりと〝自分〟を持っていた。

夏美が呆れたように笑いながら、教室を見回す。

「このクラスに向葵がいてくれてよかった」

夏美は前を向いたまま続ける。

「大衆という者たちは、自分がみんなと同じであることを『正しさ』だと勘違いしてしまう愚か者のことである」

横目で私の様子を窺う夏美と目が合う。ぽかんとする私の顔を見て、彼女は笑った。

「こないだ向葵が一緒に探してくれた、オルテガの『大衆の反逆』って本に書いてあったこと」

夏美の口調は誰かを責めるわけでもなく、ただ真っ当なことを呑気《のんき》に並べていくだけだ。誰かひとりを追い詰めるようなことをせず、いちばんに私と長谷くんに謝ってくれた夏美はやっぱりすごいと改めて思い知る。

「今回は向葵が正しい。だから、長谷や向葵を傷つけた私たちが謝る。それじゃダメなの？」

夏美はそれだけを、はっきりと告げる。そして何事もなかったように、笑いながらどうでもいい話を始める。その輪の中には、私に敵意を向けた子も、私もいた。

徐々に、敵意は意味をなさなくなったように萎んでいき、時間が経つにつれてちらほらと私に声をかけてくるクラスメイトもいた。私に謝ってくる子もいたが、かすかに胸に〝黒〟が宿っている場合が多かった。それでも私は相手に対して、作り笑いではない笑顔を浮かべた。〝黒〟よりも、相手の言葉を受け取ってみよう。そう思ったのだ。

もちろん全員が全員、納得できているわけではない。私が気に食わないと思い続けている人もいるし、その矛先《ほこさき》を夏美に向けた人だっている。でも、夏美はすっかり忘れたように声を上げて笑っていた。

今日も担任が遅れてやってきて、まだぎこちなさを残しながらもみんなが元の場所に戻っていく中、夏美は国枝さんの席に座ったままだった。

私が声をかける前に、夏美は私に向かって小さな声で言う。

「昨日の向葵、正直めちゃくちゃかっこよかった」

言葉の最後のおまけのように、夏美は私に向かって親指を立てた。「ぐっじょぶ」と笑ったの手はかすかだが震えていた。

そこで初めてはっとする。クラス全員と異なる意見を告げることの怖さ。人気者の夏美だってきっと勇気がいるはずだった。怖かったはずだ。

私は泣きそうになるのをこらえ、夏美に笑いかける。

「夏美、ありがとう」

「改まって言われると照れる言葉だね。ちがうな。あー、向葵のありがとうには愛がこもりすぎ」

くすくすとふたりで笑う。

担任は夏美のことに気づいているのか、いないのか、そのまま出席を取り始める。

「私は純粋に、みんなと楽しいことで笑いたい。大人になって集まったときに、〝みんなで一緒に〟笑いたい。そこに誰かひとりでも悲しい顔があったら意味ないよ」

私はそっと夏美の方へ顔を近づけ、彼女に初めて打ち明ける。

「私、ふつうじゃないんだ」

勇気を出して紡いだ。その言葉に対して、夏美は首を傾げながら、ひと言。

「へえー。で、ふつうって何？」

迷いなく、突きつけられた言葉。

「わ、わかんないけど」とうやむやな返事しかできない。

夏美は頬杖をついたまま、少しだけ困ったような笑みを浮かべている。

「ふつうってすごく厄介だよね。確立されたように見えて脆いし曖昧だし、すぐ変わるし。戦争万歳《ばんざい》なんて今の私たちには異常だけど、昔はこれが常識でしょ？」

「うん」

夏美は欠伸を挟んでから、輪郭がぼんやりとした声を吐き出す。

「ま、ふつうって誰基準なんだよって話だけど、ふつうじゃないって最高だよ」

思いもよらなかった夏美の言葉に、私は思わず食いつく。

「どうして？」

「物語のヒーローはだいたいクレイジーじゃん。ふつうじゃなかなか主役張れないし、誰かを救えないわけよ。それに、自分には何かが足りないって自覚してる人の方が、他人の痛みや悲しみに寄り添うことができるんだと思う」

そう言いながら、前の席の人の背中に隠れてスマホをいじっていた夏美が、そっと手を止めた。それから少し考えあぐねるように首を傾げたが、そっと、私にだけ聞こえるような声で呟く。

「私、ほんとに恋愛感情がわからないんだよね」

夏美の瞳が、ゆっくりと私の瞳を捉える。少しだけその声は弱ったように震えていた。顔には出ていないけれど、夏美の瞳の奥は、どこか怯えていた。

「うん」

静かに真っ直ぐと夏美の目を見つめ返し、うなずく。夏美は少し驚いた顔を見せたが、すぐに口元をわずかに緩ませると話し始める。

「みんなが当たり前のように好きとか付き合いたいとか、そういうこと言ってるのが私には全然わかんなくて。心が壊れちゃってるのかなとか、冷たい人間なのかなとか。告白されたり、そういうのがあるたびに、『本当の私のことなんて知らないくせに』って思うようになっちゃったりしてさ。だけど、恋愛感情がないなんて誰にも言えなかった」

夏美がその後に、「たぶん、いや、絶対に、みんなから変な人として見られるのが怖かったんだと思う」と、呟いた。

夏美がこんな気持ちを抱えていたなんて、私はちっともわからなかった。

それから私と目を合わせて不意に笑う。

「なんで向葵が泣きそうな顔してんの」

「えっ、ご、ごめっ」

「ううん。嬉しい。ありがとう」

そう言ってから、夏美は笑みを浮かべたまま、温かい瞳で私を見つめる。その目を見つめ、夏美がどうであろうと、私にとって夏美は夏美だ。そう思った。そうして、きっと、私のことを理解してくれていたみんなも、そんなふうに思ってくれていたんだと改めて実感する。

「向葵が前に、私の気持ちに一生懸命、寄り添おうとしてくれて、本当に嬉しかった。私、向葵といるのがすごく楽しいんだ。向葵は相手のためにじっくりと考えて言葉を選ぶでしょ？　だからかな、向葵の隣は無理しなくていいし、すごく安心する」

そう言って夏美は恥ずかしさを隠すように子供っぽい笑顔を浮かべる。

「ありがとね」

夏美の友達になれて、本当によかった。

「……私の方がありがとうだよ」

「もう、愛が重いって」

なんて。ふたりで笑い声を上げた瞬間、担任が無表情のままこちらを見る。

「春日井《かすがい》、お前はいつから国枝になったんだ？」

ようやく夏美を元の場所に戻るよう催促《さいそく》した。担任と変なやりとりをしながら自分の席に戻る夏美に、教室の雰囲気は朝とは比べ物にならないほど柔らかくなっていた。

朝のＳＨＲが終わり、一限の準備をするために机の中から教科書を取り出そうとしたとき、小さな紙切れが入っていることに気がついた。

ゴミかなと思いながらそれを取り出し、二回折られていた紙を広げると、そこには長谷くんからの暖かな言葉が綴られていた。

私は筆箱の中にそれをしまい、長谷くんのいつもより背中の伸びた後ろ姿を眺めた。

小学二年生のとき、自由帳に描いた猫の絵を褒めてくれた女の子。中学生のとき、駅に落とした定期を走って届けてくれたスーツを着た男の人。

優しさの使い方をちゃんと知っている人たち。

……私も、少しだけそんな人たちに近づけただろうか。


【堀田さんが助けてくれたこと、僕は一生忘れないと思います。本当にありがとう】

第十話

「俺も、結局のところ、どうしてゴッホが自殺を選んだのかわからなかった」

目の前の彼が悩ましい表情を浮かべながら、そう言う。

「〝いまは完全に冷静でまともな状態にいます〟、ゴッホがルーランに送った手紙の一文。この手紙がルーランに届いた六週間後、ゴッホは自殺した」

彼の淀みのない言葉。私は彼の声を呑み込むようにまばたきを繰り返す。

「それだけじゃない。オーヴェールでゴッホの主治医だったガシェはゴッホの病は〝完治した〟とも言っている。自殺する前日、ゴッホはテオに手紙まで出してる。〝絵の具を送ってほしい〟って」

彼が溜息にも似た、音にならない嘆《なげ》きの息を吐く。

私はそっと下唇を噛んだ。

「……ゴッホの自殺には謎が多すぎる」

掠れたその声に、文字の縁を付け足すようにうなずいた。

私も彼と一緒になって途方に暮れた。いつものように喫茶店に足を運び、バイト終わりの彼に、ゴッホの本を読み終えた感想を伝えた結果がこれだ。

店内に広がる甘いチョコーレトの香りが鼻をくすぐる。

彼と出会ってもうひと月以上が経つ。時の流れの早さに驚く。夏の暑さは日に日に増していくばかりで、暑さには弱いはずなのに、いまは毎日を晴れやかに迎えている。

私はまだ私のことを知らない。それでも、新しい自分に出会えるのが楽しみになっていた。そう思えるのは紛れもなく目の前の彼のおかげだ。

もうすぐ夏休みを迎える。夏休み中は夏美と一緒に短期型のアルバイトをしようと約束した。夏休み中に出される大量の課題もこなさなければならない。

そのため一ヶ月ぐらいはこの喫茶店になかなか足を運べなくなってしまう。その前に、ゴッホについて何か納得できる答えを見つけたかった。

それでも一向にたどり着けない私たちが腕を組み、うーんと首を傾げていれば。

「ふたりして難しい顔してどうしたの」

なんて言いながら佐伯さんがお冷やのおかわりを注いでくれる。彼はお礼を言いながらも、ゴッホのことを何も知らない佐伯さんにいとも簡単に説明する。

「どうしてゴッホが自殺したのかがわからないんです」

「え？　自ら死んだから自殺じゃないの？」

「……えっと」

予想の斜め上の返答をする佐伯さんにふたりして困惑する。佐伯さんは悪びれもせずけらけらと笑う。

それから「あれ、待てよ」と顎《あご》に手を当てた佐伯さん。記憶の海に沈んだ何かを思い出すように眉間にシワを寄せている。

数十秒経ったある瞬間、「あっ」と佐伯さんの瞳がひらめきにより輝く。いきなりの声に驚く私と彼を置いて、佐伯さんは得意気な顔で言った。

「いま、ゴッホの映画やってるだろ？　都内のどっかの小っちゃい劇場で」

「え？」

佐伯さんの言葉に、私たちはまた驚く。二重の驚きによって、彼の目はまん丸になっていた。

「映画サークルの友達が言ってたんだよ。そうそう。いつもは聞き流してるんだけど、ゴッホって言ってて、こないだみんなでゴッホの絵見たろ？　それでなんとなく覚えてたんだ」

私と彼は佐伯さんの言葉を聞いて思わず顔を見合わせる。

ゴッホについて知ることができるなら、なんだってありがたい。

注文を受けて去っていく佐伯さんにお礼を言って、早速その映画について調べる。

上映している場所は確かに少ない。けれど、幸いにも新宿のとある映画館で朝と夕方に一本ずつ、上映しているようだった。

その映画はゴッホの謎に満ちた死の真相を、ゴッホ自身の絵によって描き出したものだという。

「私、これ、観たい」

画面をスクロールしながら思わずそう言う。そんな私に一緒に画面を覗き込んでいた彼も言った。

「今から行こう」

こうして私たちは惹きつけられるように映画館へと向かったのだ。


明日に終業式を控えた学校は、もうすでに夏休み気分に包まれていた。

午前授業を終え、私は鞄に荷物を詰め込み立ち上がる。

「向葵ちゃんもタピろうよ！」

教室を出ようとしたところで、女子トイレから戻ってきた子たちに誘われる。

私は迷うことなく、彼女たちに笑顔を向けた。

「ごめん、私、これから美術館行くんだ」

そう言った私に、みんなはきょとんと目を丸くする。そんな顔のみんなに手を振って、私はひとり、颯爽と昇降口に向かった。

学校の最寄り駅にたどり着くまでに、じんわりと身体に汗がにじむ。太陽の日差しが降り注ぐ道に、騒がしい蝉《せみ》の鳴き声が響き、夏の暑さを助長《じょちょう》する。

新宿駅に向かう電車に乗り込み、スマホで時間を確認する。今日、彼はバイトが休みらしい。だから美術館前に午後一時に待ち合わせをした。

新宿駅に着くまでの間、電車の座席に腰かけ、そっと目を閉じた。まぶたの裏に浮かび上がるのは、昨日、彼と一緒に観たゴッホの映画だった。

動く油絵で描かれたゴッホの死の真相に迫るその物語は、一日経った今でもはっきりと思い起こすことができる。

あまりにもその映画が観る人の心の中に入ってくるので、まして、私と彼はゴッホの死について知りたいと渇望《かつぼう》していた身だったから、映画はさらに生々しく私たちに訴えかけてきた。

観終わって外に出ても、私たちは何も言えなかった。頭が妙にすっきりしているのに、それを上手く言葉で表すには、整理するには、たった数分では足りなかった。

それは彼も同じで、私たちは次の日、ゆっくりと話し合おうと約束してその日は別れたのだった。


待ち合わせを無意識のうちに美術館にしたのは、ゴッホの『ひまわり』をお互いに再びこの目で見たいと思っていたからだと思う。

新宿駅に着き、改札を抜け、美術館に向かう。

その途中で、行列をつくるタピオカドリンク屋さんの横を通り過ぎたときにふと気がついた。

誰かの誘いを、ちゃんと自分の意志をもって断ったのは、初めてだ、と。ふつうになりたがっているときにはありえないことだった。

信号を二度渡り、美術館の入り口がある階段を上る。

中に入ってすぐのエントランスのソファーに彼は座っていた。黒いキャップを手に、VネックのTシャツにジーンズ、スニーカーを履いた彼は、私に気がつくとそっと手を上げた。

彼の元に行き「待たせてごめんね」と言えば「待ってないよ」と彼にとっては当たり前の返事がくる。

彼の隣に座る。駅から急いで来たから少しだけ息が上がっている。額ににじむ汗が冷房の効いた空間の中で早急《さっきゅう》に冷やされていく。

「……もしかしたら、ゴッホは自殺じゃなかったのかもしれない。そう思ったのに、やっぱりどこか悲しさが拭えない」

わずかな沈黙を切り裂くように、彼がそう囁いた。私は一度、彼の横顔を見つめ、静かにうなずいた。

「うん。ゴッホはあまりにも孤独で優しい、優しすぎる人だったんじゃないかって、思った」

本に書かれたゴッホも、映画の中のゴッホも、常に孤独に苦しんでいた。人々に理解されない悲しみに打ちひしがれながらも、それでも絵画を通して、誰かの役に立とうとしていた。

孤独で優しい人の死は、あまりにも虚しかった。

「ゴッホが幸せだったのかも、わからない。『人の役に立つもの』をちゃんと描いていたってことも知らないまま死んじゃったのかもしれない。ゴッホのことを調べても、結局ゴッホ自身のことは、なんだかわからずじまいだったような気がする」

彼が私の言葉に「うん」とうなずきながら、手元にあるキャップのつばをそっと親指でなぞった。まばたきのたびに長い睫毛をぱさぱさと揺らし、寂し気に茶色の瞳を憂《うれ》う。

「結局のところ、ゴッホ自身のことなんて誰にもわからないんだろうな。最終的には本人にしかわからない。映画の中でもさ、ゴッホのことを邪悪《じゃあく》な人って呼ぶ人もいれば、普通の静かな人って言う人もいて、孤独なやつだとか、礼儀正しく優しい人だと言う人もいた。それはどれも正解でどれも間違いなんだろうなと思うよ。人間は、見る人によって何にだってなる」

「うん。どんなゴッホも、彼自身だったんだと思う」

それはきっとゴッホに限ったことではない。私だって、彼だってそうだ。

私はある友達にとっては『空気』みたいな存在で、だけどそんな私と一緒にいると心地良いと、安心すると言ってくれる人もいる。彼だって誰かにとっては変人なのかもしれないけれど、私にとってはかけがえのない存在だ。

彼がキャップを見下ろしたまま、私に言う。

「俺は少しでもゴッホを知ることができてよかったよ。向葵は？　いろいろ調べたこと、後悔してる？」

そう言ってから、彼は茶色の瞳を静かに私へと向けた。私の瞳をわずかに見つめ、そっとそらす。

私は首を思い切り横に振った。ゴッホの死については虚しいし、悲しい。それでも、知らなければよかったとは思わない。むしろ、知ることができてよかったと思う。

「思わないよ。ゴッホのおかげで、〝美しい景色〟を探してばかりの私は、〝景色の中にある美しさ〟を見つけることができるようになったんだもん」

すべてはゴッホの『ひまわり』が始まりだった。そこで彼と出会って、ゴッホを通して自分たちを知って、ふつうじゃないからこそ大切にできるものに出会えた。

彼は私の言葉にまばたきを数回繰り返し、そっと私を見る。目が合うと、少しだけ困ったように下手くそな笑みを浮かべた。

「よく、わかんない」

そう言った彼に、私は小さく声を出して笑いながら言った。

「私も、よくわかんないや」

私の笑いに彼が安心したように、自然な笑みに変わる。

ふたりでソファーから立ち上がり、ビルの四十二階に飾られているゴッホの『ひまわり』を見るために歩き出した。

美術館にはもちろんいろんな作品が飾られている。やっぱりその作品のどこが具体的にすごいのかは、私にも彼にもわからなかった。

それでも、これから少しずつでも知っていこうと思った。

〝知る〟という行為は、目に見えない思いやりを育てることだと気がついたから。

ゆっくりとじっくりと、休み休み館内を歩く。

人は思ったよりも少なかった。前に店長が、ほかの美術館で期間限定で行われている展示会に人が流れている、と言っていたような気がする。

どちらにせよ、高校生ぐらいの人は私たち以外には見当たらない。

ふたりでいちばん奥の部屋にたどり着く。そこで『ひまわり』は、いつものように、凛と咲いていた。

泣きながらこの絵を見ていたときを思い出す。懐かしい。そう思えるほど、私は変わった。

隣の彼をちらりと見る。彼も真っ直ぐとガラスの向こうで咲く十五本の『ひまわり』

を見つめていた。

「不思議とね、ゴッホのことを知ってから見た『ひまわり』は今までよりもずっと、いちばん、あったかいなあって、そう思ったの。今までは目で見ているだけだったけど、今日の『ひまわり』は心の中で、私のために咲いてくれているように感じる。すごく、温かくて、優しい」

そう言った私に彼は少ししてから「うん」と返事をする。彼の茶色の瞳には、黄色が輝いている。

私は隣の彼を見て、初めて彼に話しかけられたことを思い出す。それから、そういえば、と思い、私はそっと彼に耳打ちする。

「どうしてきみは、私と初めて会った日にここへ来たの？」

その問いかけに、彼はまばたきを繰り返し、それからもう一度『ひまわり』へと視線を移した。

「駅のトイレの手洗い場に、一枚の紙が捨て置きされてたんだ。そこに〝一枚の絵の中でぼくは音楽のように、心をなぐさめるものを語りたい〟っていうゴッホの言葉と、この美術館の住所が書いてあった」

彼もあの日、あの時間に、偶然ここを訪れたのか。それも私と同じように無意識のうちに、ゴッホに惹き寄せられて。

彼は真っ直ぐと『ひまわり』を見つめ、真面目な顔つきのまま続ける。

「そしたら本当に心なぐさめられてる人がいるって思って、俺もなぐさめようと思って声をかけたんだ。それが向葵だった」

「……枯れてる向日葵が、きみなりのなぐさめだったんだね」

声を抑えて小さく笑う私に、彼は怪訝な顔した。けれど、私と目が合うと伝染するようにわずかに笑った。

ふたりで「そろそろ行こうか」とソファーから立ち上がり、美術館を出る。出てすぐのところにたくさんのグッズが売られており、その中をぐるぐるとめぐる。

私はいろんなグッズを見ながら、一緒に歩く彼に向かって口を開く。

「さっき、きみが言ってたゴッホの言葉、私、知らなかった」

もっとゴッホについて知っていきたい、なんて思いながら、『ひまわり』の絵が描かれたしおりを眺める。

「〝一枚の絵の中でぼくは音楽のように、心をなぐさめるものを語りたい〟ってやつ？」

「うん。私はきみの言ってた通り、ゴッホの『ひまわり』に心をなぐさめられたひとりだから、なんか、嬉しかった」

そう言いながら、ゴッホの『星月夜』が描かれた傘に「これいい！」と興奮した私を、彼は無表情のまま首を傾げた。

「あの言葉は、ゴッホが生前叶えられなかった夢だよ」

そう言いながらゴッホにまつわるいくつかの本が並んだコーナーにたどり着く。彼はその中からいちばん厚みのない本を手に取り、ぱらぱらとめくる。

そうしてふっと手を止め、「ほら」と私にそのページを見せた。そこにはかわいくデフォルメされたゴッホの自画像にふき出しがついていて、そこに彼が言っていたゴッホの言葉が書かれている。

生前、叶わなかった夢。夢を叶えることなく死んでしまったゴッホ。

「そっか……」と私は溜息をこぼすように呟いた。

私と彼はゴッホの『ひまわり』が描かれた小さなストラップを買う。

お土産袋を手に、出口へ向かい、エレベーターで下りる。キャップを被った彼と外に出て、歩き出す。

夏のぬるい風が頬を撫でる。口を開くと、妙に湿った空気が歯の裏にぶつかった。

「……夢って、生きているうちに叶わなくちゃ意味ないのかな」

私はゴッホの絵に救われた。きっと私だけじゃない。世の中には、ゴッホの絵に救われてきた人たちがたくさんいるはずだ。

「夢の先に見据えた誰かに届いたのなら、叶ったって言ってもいいと思う」

日差しから逃げるようにキャップを目深《まぶか》に被った彼がそう言う。

「見据えた、誰か？」

「うん。差別をなくしたいって夢も、差別に苦しむ人のため。戦争をなくしたいのもそうだし、たとえば漫画家だって自分の作品で誰かに影響を与えたいっていう、その誰か、つまり読者がいる。夢を叶えたいって思うその先には、夢を受け取る人がいて初めて成り立つんじゃないのかな」

彼の真っ直ぐな言葉を、私は自分の中でも一生懸命、噛み砕いていく。確かに、彼の言う通りかもしれない。私が「うん」とうなずくと、私の反応を律義《りちぎ》に待っていた彼が再び口を開く。

「ゴッホの夢を、俺たちは受け取ったことになる。単純にさ、生死抜きに考えたらゴッホの夢は叶ったんだと思うし、これからも叶い続けると思う。ゴッホの作品は今も生き続けてるわけだし」

私は彼の言葉を聞くたびに、心の中に呑み込んでいくたびに、自分の中でどうしても消化不良だったゴッホへのやりきれない気持ちが溶けていくような気がした。

自分のエゴだとしても、ゴッホにはどうしても幸せになってほしいと思っていた。

ゴッホの夢は叶っている。そしてこれからも叶い続ける。

きっと、明日かあさってか、来年か、いつの日か、偶然のようなめぐり合わせによって、私のような〝ふつうじゃない誰か〟が、ゴッホの『ひまわり』にたどり着くのかもしれない。

その誰かが、笑ってくれたらいいのになと願う。

空高くにある太陽は、青空に燦々と輝いている。きっと今日も向日葵は太陽に向かって咲いているのだ。私は、私より背の高いきみへ顔を向ける。

「……夢と呼ぶには程遠いけど、私は、私やきみやゴッホみたいに、周りとのちがいに苦しむ人がいない世界になってほしいな」

彼が、静かに息を吸い込んだ。

「俺たちが生きてる間に叶うかな」

「どうだろう。難しいかな。でも、意外と簡単なことだと思うんだけどな。人が人を受け入れる。それだけなのになあ」

「簡単で難しい。すごい矛盾だ」

「人はみんな矛盾した生き物だと思うよ」

新宿駅にたどり着く。夏休みに入ったら、しばらく彼に会えなくなるかもしれない。

初めて会ったとき、私たちは後ろばかりを向いていた。

過去の失敗した足跡ばかりに目を向けて、周りの足跡と自分を比べて恥じて。でも、同じような足跡のきみを見つけて、隣に並んで、初めてありのままの自分を、隣のきみに打ち明けて、進んではまた下がって、空回りして、失敗して。

そうやって、気がついたらたくさんの足跡を残していて、変でもおかしくても、それでもいいって言ってくれるきみの隣で、堂々と自分の足で歩いて、未来の、これからの話ができている。

そのことが、こんなにも嬉しい。

「あのね、きみにお願いがあるんだ」

少し緊張を孕んだ声は少しだけ上ずって、恥ずかしさが増す。彼はそんな私を笑いもせずに「何？」と首を傾げた。

「前に言った美術の課題絵のことなんだけどね。私が描いた『心の拠所』をどうしてもきみに見てほしい」

思わず彼の顔を見つめてしまう。目深《まぶか》にキャップを被った彼と目が合う。

彼はそっと視線をそらし、それから。

「楽しみにしてる」と言って、はにかんだ。私は彼の笑顔に共鳴するように笑った。

それをちらりと見た彼は静かに口をつぐむと、少しだけ緊張したようにうつむく。

その横顔を私は黙って見つめることしかできない。私は彼のことを信じて、隣で、ただ、彼の言葉を待つ。

彼はゆっくりと顔を上げると、そっと私へ顔を向ける。

「……俺、学校に行くよ」

私はその言葉に、開きかけた口が上手く動かなかった。いったいなんと言えば正解なのかわからなかったのだ。でも、正解よりも先に、私が彼に伝えたい言葉を、そっと口からこぼした。

「私は、きみを応援したい」

真っ直ぐな私の言葉に、彼は少し遅れてから「ありがとう」と呟く。

「向葵はさ」

「……うん」

彼が一度、まばたきを挟んでから勇気とともに、私に言った。

「制服着た俺にも会ってくれる？」

身構えていた私の耳に滑り込んできたのは、千本のバラではなく、道路の隅で咲くタンポポのような健気《けなげ》な言葉だった。

私は一瞬、あっ気に取られて固まってしまった。けれど、じわりじわりと尾を引くように彼の言葉が頭の中を何度も反芻《はんすう》して、とうとう声を出して笑ってしまった。

予想外の反応だったのだろうか、彼はそんな私にびっくりしてから、怪訝な表情のまま私の様子をじっと窺う。

何も考えずにお腹を抱えて笑う。楽しい。おかしい。幸せ。

私はようやく笑いが収まり、ずっと私を見つめていた彼に、笑いの余韻《よいん》を残したまま返事をする。

「当たり前だよ。きみはきみだもん」

そんな当たり前のことを、私に教えてくれたのもきみなんだけど。

彼はふっと力が抜けたようにはにかむと、嬉しそうに目を伏せながら微笑んだ。ふたりでただ慌ただしい人混みの隅で、静かに時を流す。

いつも、この瞬間だけ、私たちは周りとちがう空間を過ごしているんじゃないかと思う。ゆっくりと、いつまでもこの時が続きそうな気がする。

きみとの時間を思い出しながら、私はふと、あることに気がつき、思考を止めた。

ちらりと隣の彼を見てから、私は大きく深呼吸をする。

彼が勇気を出したように、私も彼の隣で勇気を出そう。

「あの――」

ちょっと緊張して声が震えた。彼が私の方へ顔を向け、微笑んだまま小首を傾げる。

「何?」

きみが学校へ行き始めたら、きっと会える時間は減る。こんなふうには会えなくなる。夏休みが明けたらなおさら会えなくなって、たぶんそれが当たり前になっていくのかもしれない。

ちがう場所を歩いていたって、私を理解してくれるきみがこの世界にいることは変わらない。

でも、離れる時間が増える前に。

「……きみの名前を教えてほしい」

きみが自分の名前のことで傷ついた過去を持っていることは知っている。だからためらわれたけれど、きみの存在は私には必要不可欠だから。そうして、きみも同じように私をそう思ってくれているなら、きみの名前を、私は宝物を自慢するように呼びたい。

彼の表情は変わらなかった。微笑んだまま、じっと私を見つめ、そしてそのまま私に向かって手を伸ばした。

彼の大きなぐーの手から、そっと小指が立てられ、私に向けられる。

私はその手から彼の顔へと瞳を持ち上げ、彼の言葉を待つ。

「次会ったときに教えるよ」

そう言って、彼はさらに小指を私の前へと近づけて。

「約束」

と、私の小指を待った。

「次って？」

「えっと、制服着た俺が向葵に名前を教える」

「……うん。約束だからね」

私はちょっと焦《じ》らされたなと思いながらも、彼が教えてくれるときまで待とうと、彼の小指に私の小指を絡めた。

「私、今日買った『ひまわり』のキーホルダー、学校の鞄に付けるよ。そしたら学校にいるときも、向日葵のことも、きみのことも、すぐに思い出せるから」

「それじゃあ俺も学校の鞄に付けるよ」

そう言って、笑い合いながら絡めた小指を小さく上下に動かす。

「指切りげんまん嘘吐いたら針千本飲ーます」

そう歌ってから、彼の顔を見上げた。彼も私の視線に気がつき、約束を誓う小指からそっと瞳を持ち上げて、その綺麗な双眸《そうぼう》に私を映し出す。

あまりにも優しい表情を浮かべる彼に、小さな照れ隠し。

「嘘吐いたらダメだからね。ちゃんと次会ったら、制服着たきみに名前を教えてもらうからね」

視線をそらしてそう呟いた私に、彼の小さな笑い声が聞こえた。

それから、きゅ、と繋ぎっぱなしになっていた小指がさらに力を込めて強くなった。

反射的に顔を上げる。彼の小指に引き寄せられるように絡まる自身の小指を見てから、彼の顔を見る。

「俺が嘘吐けないの、向葵は知ってるでしょ？」

「……うん」

どうしても甘ったるい言葉に聞こえてしまった。微笑んで言葉を紡ぐ彼に、唇を尖《とが》らせてうなずくことしかできない私。

「約束」

彼はそう囁いて、再び小指に誓った。

――でも、彼の嘘はとても上手だった。

第十一話

夏休み中、彼とは一度も会えなかった。

終業式の後は夏美とバイトの面接に行き、慣れない仕事に四苦八苦する日々と、山積みの課題と、何度も描いては納得できずに描き直しを繰り返す美術の課題絵に苦労していた。

やっと喫茶店に足を運べたのは、お盆前だった。

その日、佐伯さんは大学の友達と北海道旅行で休みだと言った店長は、少しだけ言いにくそうに私の顔を見ながら言った。

「あいつ、バイト辞めたんだよ」

「……え？」

もちろん何も知らない私は困惑することしかできない。店長はやっぱりか、という困った顔を浮かべ、丁寧に事情を説明してくれた。

「学校にもう一度行くから、もう昼間のシフトは組めないって言われて、それで夜か、土日で働くか、それとも辞めるかって話になって」

店長は額を人差し指で触れる。

「それで辞めるってことになったんだ。あいつにとってもこれから、ここは働く場所じゃなくて、休める場所にしてやりたいって思いもあったし、辞めることに反対はしなかった」

「……そうだったんですか」

知らなかった。私は彼の名前も、通う高校も、何も知らない。唯一の接点であるここを彼が辞めてしまったら、どうすればいいのかわからない。

戸惑う私に、店長が口を開いた。

「あいつに聞いて大丈夫だったら、向葵ちゃんに連絡先伝えようか？」

私は少しだけ考えてから、口を開く。思い出すのは、最後に会った日に指切りをして交わした約束。

「あの、その連絡先って、彼の名前わかっちゃいますか？」

「まあ、うん。そうだね」

私は笑顔のまま、首を横に振った。

「すみません。それだったら、大丈夫です。ここにはたまに来てますか？」

「八月入ってからはまだ来てないけど、来るようにするとは言ってたよ」

「わかりました。ありがとうございます」

店長はどこか心配そうな顔をしていたけれど、私の力強い声を聞いて、安心したように「いつでもおいで」と笑った。

それからも私は、会えない彼を思いながら課題絵を描き続けた。彼に見てほしくて描いているはずの絵が、本当に彼に見てもらえる日が来るのか、彼と会えない日々が続くにつれてそう思うようになっていた。

夏休み中、何度も喫茶店に足を運んだ。美術館にも行った。それでも一度も彼と会うことはなかった。

次第に、あの日、あの時、あの場所で、彼に会えたことの方が奇跡なんだとそう思うようになった。

不思議と彼が嘘を吐いたという思いは微塵も生まれなかった。それは彼の胸に〝黒〟が見えないからではない。今まで彼と作り上げた絆《きずな》でそう思えた。

私は彼の言葉を信じる方を選んだのだ。

本屋さんに足を運んだときは、美術コーナーに行くようになっていた。そこでおすすめのゴッホの本があれば買って読んだ。


――心の拠所。

私にとって、彼はいったいどういう存在だろう。白い画用紙を前に、考え込む。

『これ、きみに似てる。この、いちばん、萎れて枯れかけのやつ』

『俺は初めて向葵の名前を見たとき、ぴったりだなと思ったよ』

『今の向葵は、なんか、あの真ん中の三つめに背の高い正面向いたやつみたい』

『向葵はやっぱり、向日葵に似てる』

『俺は、俺の知ってる向葵全部ひっくるめて、それでもやっぱり、向日葵に似てるって思うんだ』

彼の言葉が温かい光に満ちて、私の心の中に落ちてくる。

きみが私を『ひまわり』にたとえてくれるなら、私はきみを何にたとえられるのだろう。

私にとっては、きみは——。

そう思ったら、私は無心で画用紙に描き始めていた。

長い夏休みを終え、九月の始業式の日。

私は学校の後に喫茶店に行くつもりで、彼に見せるために描いた絵をスクールバッグとは別の鞄に詰め込んだ。

教室の雰囲気は、どこか懐かしさと爽やかさと多少の気だるさが漂っていた。

夏休み前に私があんな冷たい空間を生み出したことなど、時が忘れさせてしまったように、みんなもうただのクラスメイトの表情をしていた。

〝黒〟に関しては前よりも気にしないようにした。たとえ相手の〝黒〟が見えてしまったとしても、それだけに囚われないようにと、相手の目や口、言葉、いろんなものをじっくりと見つめるようになった。

そんなことをいっても私は、きっとこれから先も〝黒〟と共存していくほかない。〝黒〟が見える世界〟が私にとってのふつうで、当たり前だ。日々を生きていく中で、〝黒〟につらくなったり、苦しくなったりする日も、未来の私の中に含まれているかもしれない。

それでも私は、〝私が見たい世界〟を見てやるのだ。

私にしか見えない世界や、私の欠点を、否定する必要なんてない。そういうのをひっくるめて、〝私〟なのだ。

そう、彼が教えてくれたから。

「向葵、おはよう」

自分の席に座っていた私に、夏美がやってくる。教室で制服を着た夏美はずいぶんと日焼けしたんだなあと実感する。一緒にバイトして遊んでいるときにはなかなか気がつかなかった。八月最後の週に親戚のところに行っていた夏美は、髪までばっさりとショートにしていて、さっぱりとしていた。

私の隣の国枝さんの席に当たり前のように座るところは変わっていなかったけれど、小麦色をした夏美は早速く私にお土産をくれた。

夏美の土産話を聞きながら、周りのみんなもどこかしら一ヶ月見ないうちにちょっと変わっているなあと思って。

彼は、いま、何をしているんだろうと無意識のうちに考えていた。

「そういえば、向葵は美術の課題終わった？」

夏美の問いかけに私はうなずく。そんな私に「えー、私まだ真っ白」と笑う夏美。

「でも私も今日は提出しないと思う」

「え？　持ってくるの忘れたの？」

きょとんと首を傾げる夏美に、首を横に振る。

「真っ先に見てほしい人がいるんだ」

夏美はそんな私に、目を丸めてから、真っ直ぐとひと言。

「素敵かよ」

と呟いた。それがなんだかおかしくて、私はさらに笑ってしまう。担任は夏休み明けも相変わらず時間通りにはやってこない。

夏美の元に次から次へとクラスの子たちがやってきて、みんなで夏休みの話をしながら笑い合う。私も当たり前のように、その輪の中で素直に笑えていることが嬉しかった。

私はきっとこれから先も、ふつうにはなれないのだと思う。でも、それでいいやといまは心から思っている。

それに、世の中にはきっと私みたいな人が本当はたくさんいるんじゃないかって。

私だけじゃないんじゃないかって。

実はみんな、口には出さないだけでいろんなことを心の内に隠して、何でもない顔をしているだけで。

もしかしたら、みんなが自分のすべてをさらけ出しても許容される世の中なんて、未来永劫、訪れないのかもしれない。みんなちがってみんないい、そう声に出して国語の教科書を読んだ小学生の頃のようにはいかないのかもしれない。

だったら、せめて、そんな人たちが自分を偽ることのない相手にめぐり会えればいいのにな、と願う。

たったひとりでいいから、自分を受け入れてくれる誰かと出会えれば、世の中はきっともっと、ゴッホの『ひまわり』のように暖かい花を咲かせられるのにな。そう、思った。

それは、私が、彼と出会えたから言えること。

彼の下手くそな笑顔を思い出す。

……会いたいな、と心が呟いた。

少しだけ、教室の雰囲気が変わったことに気がつく。

担任が来たのかなと輪の中から顔を弾き出し、教室の扉の方へ視線を向ける途中。

みんなの隙間から見えたのは、私と同じ『ひまわり』のキーホルダーが付いた鞄。

「そこ、座っていい？」

茶色の瞳をした男の子が、私の隣の席に座る夏美にそう、言った。

席を指さす彼を夏美や私も含め、みんな固まったように見つめるだけ。

白いワイシャツに、夏用の制服ズボンを穿いた彼はもう一度、口を開いた。

「向葵の隣、俺の席で合ってるはずなんだけどな」

徐々に彼の言葉を呑み込めている夏美たちよりも、私がいちばん彼の話を理解できていなくて、固まる。

まばたきを繰り返したままだった夏美が、「ど、どうぞ」と椅子から立ち上がる。

夏美が彼から私へと視線を移して、何か言おうとした瞬間に。

「さっさと席着けー」

なんて、相変わらず教室の雰囲気を無視した呑気な声を出しながら、教室に担任が入ってきた。結局、夏美は何も言わずに自分の席に戻っていく。

彼は、私の隣に座る。

私は口をぽかんと開けたまま、彼をじっと見つめる。周りを気にしている余裕などなかった。

担任が教卓の上で出席簿を開きながら、教室内を見回す。私の隣の彼にいったん、目を留める。それから何事もなかったかのように再び出席簿に視線を落とした。

「夏休み明けから全員に会えて、先生は地味に嬉しいです。はい、伊藤《いとう》ー、内田ー」

淡々と出席を取り始める担任を見てから、私はまた彼へと視線を向ける。

私と同じ学校の制服を着た彼が、私の隣の席に座っている。一ヶ月ぶりに見た彼は何も変わっていなくて、いや、制服だし、私の隣の席だし、名前聞いてないし、約束のことも……、もしかして忘れてるのかな。

私はやっと我に返り始め、隣の彼を見つめながら、ぽつり、と呟いた。

「……もしかしたら、もう会えないのかもって、少し不安だったんだよ」

いちばん思っていたことが、声になった。

すると彼が初めて私を見た。ずっと飄々としていた彼は今、とても緊張したように私の顔を見ている。緊張から派生したぎこちなさが彼の顔からにじむ。

彼の瞳に私が映し出されたことで、やっとこのことが現実なのだと実感できた。

彼が音を立てないように机を小さく持ち上げてから、私の机へとくっつけた。隣の隙間を埋めるように椅子も動かして、彼は緊張を残したまま呟く。

「向葵との約束を守れるのが、今日になっちゃったんだ」

教室は彼のことでいつもより騒がしいし、担任はそれを咎《とが》めることもせずに点呼《てんこ》を取っている。

彼の小さな声に応えるように、私も小声で返す。

「どうして？」

「制服が見つからなくて」

「それだけ？」

「それだけって？　制服着て名前教えるって約束したから」

真剣にそう言う彼に、私はこの一ヶ月間、ずっと抱いてきたいろんな気持ちが一気に萎んで、それと同時になんだかばかばかしくなって、くたりと笑ってしまった。

確かに彼は嘘を吐かない。約束も守る。でも、そうだけど。

「心配したんだよ。嘘を吐かれるよりも、約束を破られるよりも、きみと急に会えなくなる方が私にとっては苦しいんだよ」

気持ちを素直に彼に打ち明ける。彼は予想外とでも言わんばかりに瞳を見開いて、それからそっと長い睫毛を伏せて、小さくうなずいた。

「そっか。ごめん。向葵が苦しいことは、もうしない」

そう言って、顔を上げて私を見る彼に向かって、私は笑った。嬉しくて、笑った。

ずっと会えなくて寂しかった。だから、今こうして会えることが、きみが隣にいることが、あまりにも嬉しくて、思わず笑顔になってしまう。

解れた気持ちのまま、だが未だにわずかな驚きを抱えたまま言う。

「まさか、きみが同じ学校で、しかも隣の席だとは思わなかった」

そんな私に、彼は間髪入れずに答える。

「俺が学校に来れたのは、向葵のおかげだ」

「え？」

彼は机の横に引っかけていた鞄の中から、折りたたまれた一枚の紙を取り出す。それを開きながら言う。

「堀田向葵。俺の隣の席の人」

彼が紙を広げて指さした。その紙は私たちのクラスの座席表だった。私はその紙を指さして、「これどうしたの？」と問いかける。

「席替えがあるたびに、先生が家に届けてくれたんだよ」

彼の言葉に、私は思わず担任を見る。無表情で、淡々としていて、やる気がないなんて生徒に言われて、朝のＳＨＲはいつも遅刻してくる担任。そんな一面があるなんて知らなかった。

人は本当にわからないものだ。見えているものがすべてじゃない。

「俺の名前――」

「国枝ー」

と、彼の言葉をさえぎったのは、担任だった。そう言った担任の視線が隣の彼に向けられる。それを引きずるように周りの視線も彼に注がれた。彼は前へ向き直る。

「はい」

そう答えた彼の横顔が、すぐ隣にある。担任は彼の返事を聞きながら、少し動きを止めた。

「なんでお前ら机くっつけてんだ？」

私と彼にそう言った。彼が私の隣の席の国枝さんということにはちがいない。そんな彼は二年生になってから一度もこの教室には来ていないのだ。それがいきなり現れて、いきなり隣の私と机をくっつけ、話をしていたら気になるのも仕方ないだろう。

私と彼は一年生のときにはクラスもちがえば、お互いの存在など知らなかった。

彼は真っ直ぐと担任を見つめ返し、口を開く。

「向葵と大切な話してたから」

そうきっぱりと言い切った彼に、教室は一度停止したが、それから一大事件だと言わんばかりに騒がしくなった。彼はただ「大切な話」としか言っていないのに、人の想像力は無限大だ。みんなは楽しそうに叫びだす。

担任だけが唯一、興味なさそうに再び点呼を始める。

歯止めが効かなくなったように騒がしくなったクラスメイトたちを、彼はまったく気にした様子もなかった。私は火を噴きそうなくらい赤くなったであろう顔をうつむかせるので限界だった。

SHRが終わったらすぐに体育館へ移動して、始業式が始まる。

でも私が見る限り、興味津々で私たちを見ているクラスメイトたちの熱はしばらく止むことない。体育館に行く途中も始業式の最中も、その帰りも、そして学校が終わってもなお、その熱は私たちに絡んでくるだろう。

そう思った私は、SHRを終えるために日直が号令をした瞬間に、机の横に立てかけておいた絵の入った鞄を抱えて、彼の手をぐっと引っ張って。

「ちょっと来て」

戸惑った彼をそのまま引き連れて勢いよく教室を飛び出し、ふたりになれる場所へと走った。私たちの背中には教室から沸き立つ歓声ばかりが聞こえてきた。

ふたりで校舎の中を走って、あちこちに行ったりしながら、結局たどり着いたのは、鍵《かぎ》のかかった屋上の扉にしか繋がらない、階段の踊り場だった。

疲れて、そのまま座り込む私に合わせて隣にしゃがみ込む彼。

「向葵、始業式は？」

「ごめんね、連れ出して」

ずっと手を繋いでいたことにいまさらながら気がついて慌てて離す。彼は空になった左手を見ながら、どうして急に私が手を離したのか理解できないような顔だった。

私は鞄の中から一枚の絵を取り出す。いざ見せるとなると緊張するものだ。包んでいた新聞紙を剥がし、彼の前に一枚の絵を出した。

「でも、きみに絵を見せられるチャンスは、いましかないかなと思って」

彼の輝く瞳に私の絵が映し出されていることが少しばかり照れくさかった。けれど、それよりもちゃんと彼に見せることができてよかったと安堵している。

「きみは私を向日葵にたとえてくれたでしょ？　最初は向日葵になんかなれないって思ってた」

「……うん」

絵を見つめたまま、うなずく彼の茶色の瞳には『黄色』が輝く。濃い黄色、薄い黄色、少し赤みを帯びた黄色、少し白っぽい黄色。

絵をじっと見つめて、黙り込む彼の隣に並び、私は口を開く。

「でもきみと出会って、私は私らしく咲く向日葵になろうって思えた」

ちょっと恥ずかしくて、私は自分の描いた絵を眺めながら、言葉を彼に放った。何も言わない彼に、反応が気になりつつも、顔を見ることができなくて。私は自分の絵を、彼と一緒になって見下ろす。

「向葵って名前は、太陽に向かって成長する意味が込められてるって前に言ったの、覚えてる？」

「……うん。あの、ひまわり畑を見に行ったときに聞いた」

彼は少し掠れた声でそう言う。じっと絵を見つめていた彼の瞳が、ふっと絵から私へと移る。

絵を見下ろしていた私も、そっと顔を上げて彼の瞳を見つめる。その瞳の奥はいつも温かい。

画用紙の中に太陽を描くとき、きみの瞳を思い起こしながら描いた。

「私が太陽に向かって咲く向日葵なら、その太陽はきみがいいな。きみが太陽なら、私は自信を持って、私らしく咲ける」

その茶色の瞳の奥が揺れる。長い睫毛が震えるように小さく揺れる。

ゴッホが『ひまわり』に「愛」と「感謝」の気持ちを込めたように、私は彼に紡ぐ言葉にありったけの気持ちを込める。

「私にとって、きみは〝太陽〟なんだよ」

そう言って、少し照れくさくてはにかみながら、彼の顔を見た。

そのとき、彼の太陽のような瞳から、透明な雫が落ちた。

私はそらそうとしていた視線を慌てて彼の顔へ戻す。

太陽が泣いていた。

今まで、たった一度も彼が泣いているのを見たことがなかった。太陽は泣かないってどこかで思っていたのかもしれない。でもちがう。太陽だって、雨を降らせることがある。

彼は自分でもわからないとでもいうように、自身の瞳からこぼれ落ちる涙を手で拭っては戸惑っていた。ぽろぽろ、と次から次へと伝う涙は止まらない。

彼は自分の涙でこれ以上、絵が濡れてしまわないようにと私に絵を差し出した。

私は急に涙をこぼす彼を心配しながらも、その絵を受け取り、彼を静かに見つめる。

彼は、涙を拭うことをやめ、瞳から流れる雨をそのままに、呟いた。

「……太陽」

「え?」

「国枝太陽。それが俺の名前」

「……あっ」

そうだ。私の隣の席の人の名前は〝国枝太陽〟というのだ。そして今、私の目の前で涙を流す彼も、太陽。

濡れた睫毛でまばたきを繰り返してから、言った。

「太陽って、呼んで」

彼の言葉に、私は彼の涙を見つめながら「いいの?」と訊ねる。洟をすすった彼が、何度もうなずいて、それからゆったりと口角を上げた。

「俺の名前の意味を、向葵がちゃんと教えてくれたから」

少しだけ掠れた声でそう言った彼に、私はゆっくりと笑った。

「……太陽くん」

初めて彼の名前を呼んで、頬を伝う彼の涙を私の手で拭う。

「きみに、ぴったりだね」

そう言ってからもう一度、「太陽くん」と呟いた。

淡々と涙を流していた彼は、私の言葉を聞いた瞬間、何かが決壊したようだ。

くしゃりと顔を歪めて、感情のままに泣いた。

思わず彼の頬を伝う涙に向かって私の手を伸ばす。そっとその雨粒をすくう。

彼の涙を拭う私の手に、彼の手が重ねられた。

熱くて、骨ばってごつごつしていて、優しくて不器用な彼の手。

この手で、私は彼にたくさん救われた。私もこの手で、これから何度でも、ずっと、彼を救いたい。

涙で濡れた瞳で私を見つめ、彼が唇を動かした。

「向葵、ありがとう」

「私こそありがとう、太陽くん」

きみとふたりで向かい合って泣きながら笑い合う。いまの私たちが、絵の中の私たちと重なる。

絵の真ん中で、ふたりの男女が向かい合っている。太陽のような陽だまりを両手に抱え込んだ男の子と、十五本の向日葵を手にした女の子。

そんなふたりの心臓のあたりには、暖かく優しい、まるでゴッホの『ひまわり』に似た黄色が灯《とも》っていた。それはあるがままの自分を受け入れてもらえた証にもたとえられる。

床の上に置かれていた絵が、風もない場所でふわりと裏返る。

紙の裏には二年D組二十八番、堀田向葵という文字が走り書きされている。それから【心の拠所】という文字の横にその絵のタイトルが鉛筆で書かれていた。

――きみに向かって咲け

ふつうじゃない私たちは、かけがえのない人に出会って、ありのままの自分を好きになれた。

『私はあるがままの自分を受け入れてくれることだけを望む』
フィンセント・ファン・ゴッホ

完

あとがき

「みんなは指をさされたら嫌な気持ちになるんだよね」

小学校低学年の男の子が何気なく口にした言葉でした。その子は『指をさされた人が嫌な気持ちになる』ということを誰かに習うまで知らなかったとも教えてくれました。


今作は〝ふつう〟に悩む人たちのお話です。物語の中では向葵や彼だけではなく、一見ふつうに見える店長や夏美にも少しだけスポットライトを当てました。

今作を通して、ふつうってなんだろう?と思いを馳せてもらえたら嬉しいです。


自分がふつうよりも大切にしたいもの。自分のふつうは誰かにとってはとても難しいことなのかもしれないこと。人と違うからといってあなたのふつうを否定しないでほしいこと。

人はふつうになるために生まれてきたわけではないと思うのです。物凄い確率をくぐり抜けてこの世に生を授かった自分にしかできないことがあると思うのです。それは自分自身を幸せにすることであり、誰かの涙を拭ってあげるような、そんな些細に見えてとても偉大なことだと思います。

そして、前作でもお願いしましたが、皆様には次項にも目を通して頂ければ有難いです。映画でいうエンドロール。本作ができあがるために必要不可欠だった方々のお名前が乗っております。よろしくお願いいたします。

ジェットコースターばりに振り回してしまったのにも関わらず、いつでも優しく温かさに満ちている飯塚さま、ゴッホという存在を盛り込んだあまりに脳内が爆発しそうになった私を鎮め清めてくださった中澤さま、一枚のイラストで作品すべてを語ってくださったごろくさま。

そして私の作品を手に取ってくださったおひとりおひとりに、心から感謝いたします。

本当にありがとうございます。

皆様に向かって幸せが咲き誇りますように。

I love you, because you are you.

二〇一九年五月　灰芭まれ

【参考文献】

杉全美帆子（二〇一三）『イラストで読む　印象派の画家たち』河出書房新社
朝日新聞出版編（二〇一六）『ゴッホへの招待』朝日新聞出版社
矢野静明（二〇〇四）『絵画以前の問いから―ファン・ゴッホ』書肆山田
高階秀爾（二〇〇五）『ゴッホの眼』青土社
吉屋敬（二〇〇五）『青空の憂鬱―ゴッホの全足跡を辿る旅―』評論社
島田紀夫監修（二〇〇四）『印象派美術館』小学館
雪山行二監修（二〇〇七）『西洋絵画の楽しみ方完全ガイド』池田書店
カラボ色大学（二〇一五）『色彩検定三級テキスト&問題集』ナツメ社
福島哲夫（二〇一八）『公認心理師必携テキスト』学研プラス
長沼睦雄（二〇一七）『敏感すぎて生きづらい人の明日からラクになれる本』永岡書店
イルセ・サン（二〇一六）『鈍感な世界に生きる　敏感な人たち』枇谷玲子訳、ディスカヴァー・トゥエンティワン
NHKスペシャル取材班（二〇一八）『発達障害を生きる』集英社
ドロタ・コビエラ／ヒュー・ウェルチマン（二〇一七）『ゴッホ　最期の手紙』イギリス・ポーランド

東郷青児記念 損保ジャパン日本興亜美術館
https://www.sjnk-museum.org/（最終閲覧日：二〇一七年三月二十七日）

この物語はフィクションです。実在の人物、団体等とは一切関係がありません。

灰芭まれ先生へのファンレターのあて先
〒104-0031　東京都中央区京橋1-3-1　八重洲口大栄ビル7F
スターツ出版(株) 書籍編集部 気付
灰芭まれ先生

きみに向かって咲け

2019年5月28日　初版第1刷発行

著　者　灰芭まれ　©Mare Haiba 2019

発行人　松島滋
デザイン　カバー　bookwall（築地亜希乃）
　フォーマット　西村弘美
DTP　久保田祐子
編　集　飯塚歩未
　中澤夕美恵
発行所　スターツ出版株式会社
〒104-0031
東京都中央区京橋1-3-1　八重洲口大栄ビル7F
出版マーケティンググループ　TEL 03-6202-0386
（ご注文等に関するお問い合わせ）
URL　https://starts-pub.jp/
印刷所　大日本印刷株式会社

Printed in Japan

ISBN　978-4-8137-0691-5　C0193